李世强 /编著

现在你受的苦，必将照亮未来的每一步

文汇出版社

图书在版编目(CIP)数据

现在你受的苦，必将照亮未来的每一步 / 李世强编著. — 上海：文汇出版社，2016.4
ISBN 978-7-5496-1730-2

Ⅰ．①现… Ⅱ．①李… Ⅲ．①随笔-作品集-中国-当代 Ⅳ．① I267.1

中国版本图书馆 CIP 数据核字（2016）第 054635 号

## 现在你受的苦，必将照亮未来的每一步

著　　者 / 李世强
责任编辑 / 戴　铮
装帧设计 / 天之赋设计室

出版发行 / 文汇出版社
　　　　　上海市威海路 755 号
　　　　　（邮政编码：200041）

经　　销 / 全国新华书店
印　　制 / 北京汉玉印刷有限公司　010-59430243
版　　次 / 2016 年 6 月第 1 版
印　　次 / 2016 年 6 月第 1 次印刷
开　　本 / 710×1000　1/16
字　　数 / 160 千字
印　　张 / 14.5

书　　号 / ISBN 978-7-5496-1730-2
定　　价 / 32.00 元

# 前 言

拿破仑有一句名言：人，是从苦难中滋长起来的。我们说苦难，这个词也许有些大，其实说小了，就是我们所经历的辛苦。

生活有时虽然辛苦，但又何尝不是一笔巨大的财富？人们常把事事顺利看做一种幸福，殊不知，初来人世，上帝让我们做的第一件事就是啼哭，这也是关于人生的第一个宣言：战胜苦难，才能获得新生。

历经艰辛的人，才能真正成长。什么是辛苦的生活？挫折和失败其实都算。勾践经过卧薪尝胆，才换回了越国的振兴；司马迁呕心沥血几十年，终完成了名垂千古的《史记》；海伦·凯勒又聋又哑，正是靠着顽强的毅力，成就了令人惊叹的奇迹。

温室里的花朵经不起风雨，同样，一帆风顺的人生并不是完整的，少了在辛苦生活中奋斗的体会，也是一种缺失。

不要让辛苦的生活吞噬你的勇气，如果能坚守梦想，一次次从摔倒的地方站起来，那时你会发现，辛苦的日子已使你变得强大起来。生于忧患，死于安乐，敢于在辛苦中锻炼自己，就能离成功更进一步。

　　本书以众多经典故事及作者的亲身经历为蓝本，从中提炼出理论的精华，同时结合了现代人的生活现状，阐述了在当下社会环境中，该如何灵活看待辛苦、战胜辛苦，去幸福地生活。

　　希望各位读者朋友能从这本书的案例中得到启发和鼓舞，从中汲取力量，去改变生活，开启新的人生。毋庸置疑，这本书将会成为你人生道路上的一盏启明灯，用心感受它的光芒，改变自己，造就属于你的幸福人生吧！

# 目录

## 第一辑　在输得起的年纪，遇见敢于拼搏的自己

1. 我们永远不曾选择的另一种生活 / 001
2. 未来虽然未知，但有些苦涩是固定的 / 006
3. 你辛苦的每一天，都是成功的前奏 / 009
4. 角度不同，看到的风景也不同 / 012
5. 那些苦，只是生活中的"纸老虎" / 015
6. 我只是敢和别人想的做的不一样 / 018

## 第二辑　谢谢你，让我看到世界这么美

1. 先成为自己的大英雄 / 021
2. 我知道自己一定要使内心变得强大 / 025
3. 走完该走的路，才能走想走的路 / 028
4. 在梦想的道路上匍匐前进 / 031

5. 感谢现在折磨你的人 / 036

6. 我想要的礼物叫"失败" / 039

### 第三辑　你的才华，一定要撑得起你的梦想

1. 我只是没有能力过我想过的生活 / 043

2. 别让生活耗尽你的美好 / 046

3. 别怕，转身也有一片天空 / 049

4. 不是拥有的太少，而是向往的太多 / 052

5. 别不高兴，比你不幸的人世上有很多 / 056

6. 你变了，世界就会改变 / 059

### 第四辑　经得住风雨，这个世界就是你的

1. 给每个离开者一个温暖的拥抱 / 062

2. 淡定才是一种生活态度 / 066

3. 时光自会给你惊喜 / 068

4. 灵魂有香气的女人最优雅 / 071

5. 我不想我的生活变成将就 / 074

6. 谢谢你曾来过我的世界 / 076

### 第五辑　任何值得去的地方，都没有捷径

1. 没人能拥有世界，我们都是时间的旅人 / 078

2. 缺憾是断臂的维纳斯，不完美才是最美 / 080

3. 努力活出精彩，莫去抱怨不公平 / 083

4. 世界很大很奇妙，不要停下你的脚步 / 085

5. 春风得意之时，也须认清自己的身份 / 087

6. 人生之路，经不起较真的折腾 / 091

## 第六辑　你所走过的路，都是奇迹

1. 永远不要等别人来成全你 / 094

2. 只有先空出手才能再拿起 / 097

3. 喂，你是橘子，别再装柠檬了 / 099

4. 懂得享受寂寞是你区别于他人的标志 / 101

5. 错过的本身，也是一种美丽 / 103

6. 这条路不走下去，你不知道它有多美 / 105

## 第七辑　我比谁都相信，奋斗才能改变自己

1. 梦想是你生命之旅的罗盘 / 109

2. 我比谁都相信奋斗的力量 / 112

3. 醒醒吧，幻想不是梦想 / 115

4. 重要的是你要往何处走 / 116

5. 出路在哪儿，走出去就有路 / 118

6. 你想要的一切，都只能靠自己奋斗 / 120

## 第八辑　愿所有的辛苦，终不被辜负

1. 人生没有等出来的辉煌 / 123
2. 太辛苦，是你懒惰的借口 / 126
3. 你会痛苦，只是因为太嫉妒 / 129
4. 纵使你是秦始皇，也不要想建设阿房宫 / 131
5. 心若浮躁，无处安宁 / 134
6. 心若冷漠，何来光明 / 137

## 第九辑　世界不曾亏欠每一个辛苦拼搏的人

1. 困难中斗志高昂，才能在黑暗中看到曙光 / 140
2. 摊开手掌，看清自己独一无二的掌纹 / 142
3. 衣珠历历分明，只管伶俜飘荡 / 146
4. 生命是天赐的珍贵礼物，要珍惜 / 149
5. 每一粒种子都有适合它的土地 / 151
6. 你若放弃自己，还等待谁来拯救 / 154

## 第十辑　每一个受过苦的人，都是劫后余生

1. 开开心心工作，再辛苦也要乐观面对 / 157
2. 别拿工作当混口饭吃 / 159
3. 在尝试中找到适合自己的方向 / 163

4. 辛苦只为积累经验，不为拼命捞钱 / 166

5. 你若敢独闯难关，世界都为你敞开大门 / 168

6. 不要尽力而为，你的使命是全力以赴 / 172

## 第十一辑　谢谢在这个残酷的世界里与你相依

1. 我只是遗憾不能陪你一起老 / 175

2. 不奢望金银细软，只愿你待我如初 / 177

3. 过得好才是真本事 / 180

4. 愿你过得更像自己，不必等到多年以后 / 183

5. 缺乏付出的人生不会幸福 / 187

6. 那些年，我们没有追到的幸福 / 189

## 第十二辑　坚持，你要配得上自己所受的苦

1. 我是我的友，我是我的敌 / 192

2. 不管你多好，总有人不喜欢你 / 195

3. 承认吧，生命就是在不断地失去中有所得 / 197

4. 创造一种属于自己的生活方式 / 200

5. 我只怕配不上曾经所受的苦 / 202

6. 回归自然，快乐自会追随 / 204

## 第十三辑　未来的你，总有一天会感谢那个失败过的自己

1. 无须别人认同，只做真正的自己　/ 206

2. 学会放弃也是一门艺术　/ 209

3. 从未得到何来失去　/ 210

4. 未来的你，总有一天会感谢那个失败过的自己　/ 212

5. 无论你是否愿意，该来的总是会来　/ 214

6. 有些路你非走不可，但不是弯路　/ 215

# 第一辑

## 在输得起的年纪，遇见敢于拼搏的自己

### 1. 我们永远不曾选择的另一种生活

我是一个喜欢读古诗词的人，从小就喜欢。但也因为从小就读，所以，爱它很多，也厌倦它很多。爱它，是因为它的字里行间都有着一股浓浓的意境，让我在它的世界里流连忘返，尽情遨游；厌倦它，是因为当我合上书籍时，思想却总也无法从那个世界回到现实的生活。为了避免太多的情感牵涉其中，我唯有选择避而远之。

说到词，我最喜欢辛弃疾的，他的词寥寥数语，但总能道尽人生百味，尤其是他的那首《丑奴儿·书博山道中壁》，更是把愁苦的意味写得淋漓尽致。

少年不识愁滋味，爱上层楼。

爱上层楼，为赋新词强说愁。

而今识尽愁滋味，欲说还休。

欲说还休，却道天凉好个秋！

读此词，让我感慨万千，在内心忽然有一个疑问，我们的人生为何要经历这些苦？但又会想，如果我们的人生没有经历这些苦，又如何能体会到何谓甜？

其实人生苦也好，甜也罢，只是一个过程，有起点也有终点。按照佛教的说法，苦非苦，乐非乐，只是一时的执念而已。执于一念，便受困于一念，一念放下，方能自在于心间。

星云大师说过："生理上的病叫做痛，心理上的病叫做苦。"换言之，总是感觉生活苦的人，不管他的生活是不是真的苦，其心理基本都不太健康。

对，不是苦，也不是甜，是自在。苦也好，甜也罢，如果不自在，都不是好滋味。乐观是幸福的开始，而自在本身就是幸福。

成语也说，"苦尽甘来"。从理论上讲，解决掉苦，也就产生了乐。换言之，你的痛苦越多，你的欢乐也越多。怕就怕人一头扎进苦水中，不给甜蜜留丝毫机会。

人类的体能有着一个极限，几千年来，人们都认为跑完一英里的时间不会短于四分钟，因为那是人类的极限。然而，罗杰创造了一个奇迹，他竟然在四分钟之内跑完了一英里。

罗杰之所以可以做到，除了与他过硬的功底和刻苦练习有关外，也与他对结果的期待密不可分。罗杰说，他无数次幻想过打破这个纪录，并且认为自己成绩优异，完全有希望打破这个精神上的障碍。

每次跑步，他都将四分钟作为目标，每完成一次，他就觉得自己离成功又近了一步。长久以来一直如此，他的进步越来越大，他的希望就越来越浓烈。他认为，距离成功最近的阻碍一定是最大的，因此，每当他受到挫折、感到辛苦的时候，他都认定，下一次就是成功。

正因为他从来没有绝望，才能让他离成功越来越近，最终凭借希望的力量打破了人类的极限。

没有苦就没有甜。罗杰没有经历一次次挫折，没有品尝一次次的辛苦，也就不会有后来超越人体极限的甜。苦与甜，本是与生俱来的双胞胎。一定程度上说，每一颗苦果都孕育着甜蜜的种子，只是由于它休眠于苦的最深处，需要用心发掘，用心培养，才能茁壮成长，越来越甜。

未经发掘的苦，永远是苦果一枚。

能从苦中嚼出甜来，你便懂得了生活。但前提是，不管它有多苦，你得不断地嚼下去。吃得苦中苦，方成人上人。

中国历史上有不少因吃得了苦，或者说是不断自讨苦吃最终品到了大甜头的人，越王勾践就是其一。被吴国打败后，他为了复国，睡在柴草堆上，吃饭、睡觉前还要尝一尝苦胆，同时命一军卒在旁边喊："勾践，你忘了战败的耻辱了吗？"他自己则严肃地回答："没有，我没有忘记。"经过长期发愤图强，终于打败了吴国，一雪前耻。

吃苦不是目的，目的是从吃苦中练出能力、本事，最终吃到甜。这貌似格调不高，实则支配着大多数人奋斗。

都说三百六十行，行行出状元，想成为任何一个行业的佼佼者，都需要付出长达数年甚至数十年的努力，其间不仅不可有一日稍歇，冬练三九、夏练三伏，而且往往需要不断加码。

这一过程中，难免苦不堪言，但人们为什么会练下去？因为人们知道，一旦练出了真本事，那便其乐无穷。这种甜，有超越自我、赢得成功所带来的灵魂上的快乐，也有随之而来的各种物质享受。既要用努力拼搏来换取成功，也要用平和的心态享受成功带来的果实。

大家是否知道小长颈鹿是如何学会站立的？曾经在动物园做饲养员的朋友给我讲述过小长颈鹿站立的过程，让我听得非常诧异。

小长颈鹿出生后，它的妈妈不会像其他动物那样，立即舔净它身上的羊水或其他东西，而是低头仔细弄清楚它掉落的位置。等差不多一分钟的时间，小长颈鹿的妈妈就会做出一个出人意料的动作，它会忽然抬起腿，踢向自己刚刚生下来的小长颈鹿，让它在地上翻一个跟头，将四肢伸开。如果这时小长颈鹿没有站起来，那它的妈妈就会不断地重复着这个动作。

为了躲避挨打，不再忍受这种痛楚，小长颈鹿会不断努力地尝试站立，虽然它是新生儿，四肢还没有什么力气，不断地尝试只会换来不断地摔倒。但长颈鹿妈妈毫无情意地踢蹄告诉它，只有站起来，才会避免这样的痛。

通过一次次不断地尝试，小长颈鹿终于能够颤颤巍巍地站立起来。然而，此时长颈鹿妈妈并不会像我们人类孩子的母亲那样，给予孩子鼓励，而是会再次无情地一脚把它踹倒！

听到这里，我感到非常诧异，问我那个饲养员朋友，长颈鹿妈妈为何会做这样的事。此时，饲养员朋友就会露出一个意味深长的笑，告诉我，那是因为它要让刚出生的小长颈鹿记住自己是如何站立的。

如果它不能够习惯在不断摔倒的情况下迅速站立，那么在危机四伏的荒野中，它就无法逃脱狮子、老虎、狼等肉食动物的扑杀。

在逃亡中哪怕摔倒,也能迅速站立起来,并以最快的速度奔跑,它才有可能逃离"猎手"的捕食,茁壮成长。

长颈鹿妈妈的残酷行为,恰恰是对孩子的保护,如果它不"残忍",小长颈鹿不能够站起来、强壮自己,等待它的就可能是灭顶之灾。

因为苦,所以叫人生。因为痛,所以叫青春。因为有甜蜜和成功在后面等着我们,所以我们要感谢生命中的苦痛与折磨。适量的苦有利于我们的人生。人只有吃了苦,才会明白,吃些苦没什么不好,才会从苦中走向成熟。

人只有吃过苦,才会明白甜同样能把人击倒。没有苦就没有甜,有时候,没有甜也就没有苦。为了不被甜击倒,还是老老实实地吃苦好。

因为苦,所以甜。但因为人世间的苦再少也嫌多,人世间的甜再多也嫌少,世上摔倒在甜上面的人,远比止步于苦的人多得多。没有甜在前面诱惑着人们,人类不会进步,但野心也不会膨胀,道德也不会掉进泛着寒光的陷阱中。

这不是甜的问题,当然也不是苦的问题。甜与苦都是人生百味之一,都是为了人生的盛宴更丰盛。你可以把甜视作一种诱惑,也可以把它看成一种激励。事实上,甜是一份命运的奖品,应该属于每一个付出了努力的人。而苦,则是一种反面的激励。它至少让人明白,苦不好受,为了自己和家人不再受苦,你有责任用汗水去换取那份属于你的甜蜜。

人生有多苦,取决于你在走正路的前提下付出了多大的努力。

## 2. 未来虽然未知,但有些苦涩是固定的

我们很多人在很多时候都会有一种感叹:天哪,我们人类多可怜哪,我们的一生如此短暂,却还要承受着来自不同方面的苦!有什么办法能让我脱离"苦"的海洋呢?

我其实也会有这样的感慨,所以我有时候喜欢读一读忧伤的词、悲伤的诗。但是换一个角度想,如果没有如此之多的人有如此之多的苦,那又何来如此美妙的诗词呢?但凡有一些文学情怀的人,肯定都会喜欢那一首首的浅吟低唱;但凡情感深厚些的人,谁没有对着那些优美的词句轻轻诉说过?

当我第一次读到张爱玲"生命是一袭华美的袍,爬满了虱子"时,我的内心充满了震撼,这是怎样的愁、怎样的苦,才能写出如此悲伤的语句?当我读到苏曼殊的"一杯颜色和双泪,写就梨花付于谁"时,我的眼眶情不自禁地湿润,这是怎样的离别之苦,让他的纸笔如此残忍地相聚。

我们每一个人都知道,任何的苦带给我们当时的感受,都是无尽的伤痛。但或许只有少数人懂得,只有经历这种焚烧之苦,才能百炼成钢。

焚烧?太痛苦了吧?

没错,焚烧的确不易承受,但是如果不想让命运把自己抛弃,就得通过这样的过程让自己脱胎换骨。

现实主义艺术大师屠格涅夫曾经说过:"你想成为幸福的人吗?

那么，请先学会吃苦。"显然，他所指的"苦"，即是我们人生中的苦难和挫折，而"吃"就是要面对苦难和挫折。

实际上，作为一个生命降临到这个世界上，每个人都是要吃苦的，从小我们就从师长那里得到这样的训诫：吃得苦中苦，方为人上人。

古往今来，流传下来很多关于吃苦的故事，其中"头悬梁"和"锥刺股"就是颇具代表性的吃苦事例。

不管是头悬梁的孙敬，还是锥刺股的苏秦，他们小时候都是再平凡不过的孩子，但是他们有一点和别人不一样，那就是肯吃苦。正是这股子肯吃苦的精神和毅力，让他们的学识突飞猛进，此二人终成饱学之士，闻名于世，受到世人的敬仰。

破茧成蝶的过程我们都不陌生，如果没有经历过蝶变的痛苦，那么蝴蝶就不能展翅高飞。蝶变是它必经的一个成长过程，在这个过程当中，它或许会经历难以忍受的痛楚，但在那之后，它也能看到最美的自己。

没有经历苦的磨砺，我们无法获得新生，就像凤凰浴火重生一般，眼光放得长远一些，我们才能吞下眼前的苦楚。

造物主是公平的，他给予了你多少，就会要你付出多大的代价。同样地，预先降临的灾难、苦痛，是给予你灿烂未来的前提。苦痛是固定的，就像《西游记》当中师徒四人的取经路一样，九九八十一难是注定的，少一个都不行。只有历经艰辛的人才知道甜是什么滋味，才有资格感受成功。在苦痛面前有什么不能释然的？

我曾经听朋友讲述过这样一个故事：

从前，在山上有一间木屋，在木屋当中住着一个先生，还有几名学生。其中有名先生收养的学生，因为他的父亲欠债，父母连夜远走他乡，将他一个人丢下了。

每到放学的时候，看着自己的伙伴们被父母接走，这个学生的心中就充满了不平。他不止一次向先生诉苦："为什么上天偏偏对我这么不公平？我没有做什么坏事，从来没有不听话，也没有在他们面前任性过，但他们竟然抛弃了我。为什么我朋友的父母那么爱他们，我却有这样的遭遇呢？先生，我的忍耐快到极限了，被抛弃的痛苦时时刻刻萦绕在我心中，我都快窒息了。求你告诉我，我要怎么做？"

看着自己的学生越陷越深，先生终于给了他一个答案。他从厨房拿来一罐糖和一罐盐，然后让学生拿来两杯水。他在一杯水中放入了一些糖，让学生喝一口，问学生什么味道。此时糖还未溶化，学生喝完答道："淡而无味。"过了一会儿，糖全部溶化，他又让学生喝一口，问学生什么味道。学生答："甜。"

先生笑了笑，将一小罐盐全部放到了另一杯水中，让学生尝一口。学生愁眉苦脸地抱怨道："又咸又涩，还很苦。"先生抚了抚胡须，带着学生下山了。他们走过一片湖水的时候，他让学生尝尝湖水的味道。学生现在还是满嘴苦涩，喝了一口湖水，顿觉清凉。

先生告诉学生："你刚刚经历的这些和你的人生是一样的。盐和糖的数量是固定的，区别在于是一起给你，还是慢慢地给你。人生也是一样，幸福和苦难的量是固定的，如果你现在觉得痛苦异常，那么你可能用一杯水溶解了所有的盐，那么你未来的人生就会向好的方向发展。你如果这样想，眼前的苦也就不算什么了。"

就像先生所说的那样，我们的未来虽然是未知的，但有的苦是固定的。我们可以一杯水尝尽所有的苦，也可以将苦融入整片湖水当中。在苦来临的时候，我们要懂得稀释。

青松受尽风吹雨打，最后茁壮生长于苍山之上；温室里的花朵灼灼其华，却因为被保护得太好而异常娇嫩柔弱，它们一旦失去良好的生存环境，就会迅速枯萎、凋零。所以，我们要主动去经历煎熬，让苦难成为帮助自己蝶变的动力。

## 3. 你辛苦的每一天，都是成功的前奏

曾经的我，年华初好，虽没有多少世间的优雅，却也似一朵洁白的莲。我总是喜欢安静的生活，一躺椅、一壶茶、一本诗词，临着轩窗，饮一杯茶，仰头看一眼皎洁的明月，不为拥有，只望与它共修菩提。可多情的我总是思绪万千，常有莫名的哀愁，觉得红尘中丢失了自我的躯壳。但庆幸，我还有着纯洁的灵魂。

如今，春秋已几度流逝，曾经的心情，已成为永远无法追随的岁月。曾经的思绪，也随着青春一去不返。

几度怀疑，我难道也被时间的烟火沾染了俗世的尘埃？学会了随波逐流，怀有了一颗功名利禄之心？不，我不愿承认，但又无法否认。这五味杂陈的世间，走的路多了，哪里还会有真正的纯洁。

当我们跟随着时间快步行走在人生道路上，你所品尝的味道也不再只是你希望的味道。生活本就是五味杂陈，伴随的也只会是酸甜苦辣咸拼凑的，每一种滋味都代表一种生活的经历和一种情感。

我们不能自己选择品尝任何一种味道，因为人生是多变的，需要慢慢地品，细细地体会。

当尝到苦涩的时候，你自然会感到难过，感到痛苦；当尝到了

甜的时候，你会感到快乐，感到幸福。对于一个智者来说，生活无论是甜还是苦，都是难得的滋味。

但不可否认，每个人都喜欢甜而讨厌苦。因此，怎样面对苦不仅是一个味觉的问题，更成为人生中一个永久的课题。

人们都说"乐极生悲"，为了防止这样的落差，有的人压抑自己的快乐，只想痛苦别找上门来。但是当你压抑自己的时候，就已经深陷痛苦当中了。

确实，我们不该时时刻刻回忆苦，但是在苦来临的时候我们也不能刻意回避，装作没有事情一样将苦尘封。

虽然，表面上我们已经将苦处理掉了，但是它会看准我们心中的空隙，找准机会再伤害我们一次。

苦需要领悟，只有知道苦是什么，只有深入地剖析苦，我们才能真正地释然，做到真正地忘记。同样还能从中获得宝贵的人生经验，用于我们以后的生活当中。

一个国王生了一场大病，谁也不知道病因是什么，只知道他整日躲在宫殿里，连朝臣都不愿意见。王后担心国王，就请人找了当时最有名的高僧，希望他能够帮助国王。

国王也听说过这位高僧的名声，不敢怠慢，但也不愿多提自己的病。高僧说："我听说三个月以前，您在打猎的时候胳膊被划伤，现在您的身体如何？"

"我的胳膊已经好了。"国王说，"可是上个月，敌国向王宫派了一个刺客，又让我受了一回惊吓。您是最有修为的高僧，能不能告诉我，世界上什么地方最安全？我觉得不论在外面，还是在自己的宫殿里，没有一天有安全的感觉，这让我很害怕。"

"安全的地方只有一个。"高僧说，"但我相信您不愿意去。"

"在哪里？"国王问。

"坟墓里。人若死了，就不会再有人来伤害你，你也不会再感到痛苦。我们用生命中的时间和精力换来保护自己的能力，取得安全和安逸，但也只能取得一部分，唯有用整个生命，才能换来最多的安全。"高僧答道。

国王听后若有所思，几天后，他的病不治而愈。

失恋的人是苦的，但他得到过爱情，也会拥有最美好时刻的回忆；失败的人是苦的，但他拥有经验，就有了反败为胜的法宝；失望的人是苦的，但他们至少经历过，而且也因为失望，更懂得希望与追求的可贵……

苦，需要我们用心胸和智慧去领悟，唯有直面苦，我们才有勇气剖析苦，才能理智地收集有意义的经验，客观地审视自己。

苦来时不要逃避，也不要忽视，当然，也没必要沉浸其中，学会换个角度看待它，那么它对我们的伤害就会降到最低，我们才能理解一些生命中最本质的东西。

比如生病的时候，我们知道了健康的重要；难过的时候，我们知道了朋友的重要；困难的时候，我们知道了亲人的重要……苦给我们的最大启示，就是告诉我们什么是幸福。

"吃得苦中苦，方为人上人。"我国古代的大书法家王羲之，把书法艺术发展到一个新的高峰，他挥毫而就的《兰亭集序》，被后世誉为"天下第一行书"。

但是，一开始，他并不被自己的老师卫夫人看好。那时候他并不被认为是个天才，甚至还被误以为不太适合学书法。他最后取得的光照千秋的成就，很大一部分缘于他能够吃苦。

那时的他每天都练字，连做梦都梦到练字。王羲之练完字之后都会到他家后院的水池去洗笔，结果那个水池就这样慢慢被染黑了。

就这样勤而不辍，他由一个在启蒙老师卫夫人眼中的"不适合练书法的人"，最终成为我国历史上著名的书法大家。

世界上从来没有免费的午餐可以吃，只有真正地付出了，你才会得到实在的回报。只有真正吃得了苦中苦，才有可能成为真正的人上人。

在我们的一生中，难免要尝遍酸甜苦辣各种滋味，有些人因境遇不同或欣喜或惆怅，或者干脆怨天尤人，领悟不到生活的真谛。其实完整的人生，绝不是只有甜没有苦的，而是应该尝遍各种滋味。

《菜根谭》里面有句话："醲肥辛甘非真味，真味只是淡。"这句话是告诉我们，人生的真谛最终归结于平淡。

无论是成还是败，是兴还是衰，是春风得意还是落魄潦倒，都不过是一时的境遇，人生终归是平淡。

## 4. 角度不同，看到的风景也不同

"横看成岭侧成峰，远近高低各不同"，这是我最喜欢的苏轼的诗句。我虽没有去过庐山，不曾见识它的真面目，但我也攀登过很多其他的大山。在攀登高山时，我有着很多的感触，同一样事物，不同的角度会显现不同的风景。

每次登山返回后，我都会思绪万千。我们内心的山，如果攀登的话，也是同样的情况，往一方面想可能就会导致我们情绪低落，内心不快，而往另一个角度看，就会积极乐观，豁然开朗。

由此可以判断，我们对事物产生某种希望或者恐惧，是因为事物往往会以各种情形出现，从不顾及我们的感受，也不会迎合我们的愿望。外部的环境容不得我们选择，但是对外部环境的反应却是可以由我们自己说了算的。

我有次去朋友家里做客时，听到这样一段母子对话。

这位母亲教育儿子："儿子，不要把辛苦看成辛苦，也不要把困难看成困难。"

"那把它们看成什么呢？"儿子问。

"把它们看成你平时最爱玩的电子游戏中的那些怪兽。当它来的时候，你不要怕，你只需要用力地打它们，打败它们！你甚至可以想：'噢，又有好玩的了。'你玩游戏的时候，不是越大的怪兽越感到刺激好玩吗？"

"如果我打不过它们，失败了怎么办？"儿子问。

"那又有什么关系呢？你平常玩游戏时，失败了不是会重新再玩一次吗？"母亲回答道。

这位母亲是明智的，这个孩子是幸运的，现实中，并不是所有的母亲都能给孩子这样的教育。正如这位母亲的话语所传达的，失败没什么可怕的，可怕的是我们在心态上已经认输了。

我们何不学着这位母亲的思路，把眼下的辛苦和困难看成一场游戏？这样一想，我们便不会烦恼，不再郁闷，再给自己重来一次的勇气和机会。

可是，现实中人们面对这一问题时的表现不容乐观。很多人常常会带着一份厌恶感或同情心去看待一些问题，却不知道，这样就会无意间存留了某些没有经过检验的看法和观点，认为事情本身就是一场无尽的灾难，自己根本就没有办法改变。

既然如此，我们还是选择前一种吧，做一个明智的人，用有益的方式对看似不好的事情做出一些恰到好处的反应。

我在旅游时遇到过一位驴友，她是一位女作家。她喜欢四处游荡，去寻找灵感，希望能够让作品显得与众不同。

有一次，我们来到一个小山村体验生活，夜里在一对夫妇家借宿。女主人看到她一个女孩子来到这种偏僻地方，很同情她，说道："你一个姑娘家，这样漫无目的地游荡，也太辛苦了吧？为什么不好好找个安稳的工作呢？"

女作家听后，微笑着说道："我没有觉得辛苦啊！这样四处游历，每天都会遇到不同的人，看到不同的风景，我觉得很快乐。能够这样一直游历下去，就是我的梦想，我现在感到很快乐！"

可以说，女作家是乐观的，更是明智的，她懂得往事物好的一面去看。而那个女主人虽然是好心，但相对来讲就显得狭隘，只看到事情坏的一面。

其实，好与坏都带有很强的主观色彩，都是有限经验的结果。可是，两种看法却会产生截然不同的结果——悲观的想法导致坏的结果，乐观的思维带来好的结局。

如果前者不能辩证地看事情，就不能走出误区，也就无法摆脱过于强烈的个人色彩，那么他的日子也是泥泞而灰暗的。

后者由于懂得在不利的事情中看到事情中存在的优势，能分辨出其存在的价值，就能很好地吸取教训，使事情朝着美好的方向发展。

看到这里，该怎么看待事物，该如何面对问题，各位读者的心里已经有答案了吧。

## 5. 那些苦，只是生活中的"纸老虎"

时光犹如一条长河，你总会记得它，它却从不会想起你；时光也犹如一缕烟，你以为它存在的时候，其实它早已烟消云散。

春风秋雨，烟雨岁月，低头翻阅书卷，总以为那些所崇拜的人的岁月离我很是遥远，他们那艰辛的岁月是多么薄凉难当，但指尖触碰书卷，余温总是尚存。

曾经的兴衰荣辱已随尘埃入土，曾经的沧桑岁月也并非你想象中的惨不忍睹。若在流光岁月中懂得删减，在风尘仆仆的年轮中学会用刀片消除斑驳的伤痕，你会发现，时光仍好，岁月未变。

那些不堪回首，都不过是些纸老虎。

对于有的人来说，经历过的苦是振作自己重新寻觅方向的力量。对于某些人来说，则是令其心有余悸的"魔鬼"，每当提及或者想起来，就感到沉重无比。

著名剧作家萧伯纳这样说过："对于害怕危险的人，这个世界上总是危险的。"对于曾经的困难始终无法忘怀，总是心有余悸的人，再经历苦难是不堪设想的事情，因此他们就容易畏缩不前。

其实，那些曾经的苦难就像纸糊的老虎，表面上看起来吓人，实际上一捅就破，没什么真本事。过去的事情，不管是好是坏，是顺利还是坎坷，都不会再对我们的生活造成实质性的影响，很多人之所以受其影响，只不过是心理作怪罢了。

从这个角度来讲，那些对于曾经的苦难心有余悸，进而导致对现在乃至将来的生活充满恐惧的人，其真正的敌人并不是苦难本身，而是自身。

看到这里，如果你也感觉自己是被"纸老虎"吓住的其中一个，那么请你多往好处想一想，多思考一些快乐的事，转移自己的注意力，给自己积极的心理暗示，对自己说：未来会越来越好。

在我家小区的物业公司里，有一个我们称之为小管的姑娘。小管在上班时，不管是面对同事还是业主，总是一副乐呵呵的表情，几乎看不到她唉声叹气的时候。

有一次我遇到她，开玩笑地问道："小管，你每天都乐呵呵的，是不是一出生就过得很顺利，从来没有遇到过委屈事呀？"

谁知，小管微笑着回答说："我从小就没有父母，是个孤儿，哪能没有委屈事呢？"

听到这里，我非常吃惊，完全想象不到她居然是个孤儿，更难得的是她在这样的情况下，居然还能如此乐观。

只听小管继续说："我从小生活在孤儿院。六岁那年我第一次被人领养，可是不到一个月就被送走，因为那对夫妇的女儿不喜欢我。从六岁到十岁，我被转送过三次，最后终于在一户没有子女的老夫妇家中安定下来。"

"还好，你安定下来了，不幸的日子结束了。"我安慰她道。

"是的，我的生活安定了。"小管仍然微笑着，眼睛里却涌现出一层薄雾，"可是，我却变得很没有安全感，害怕又一次被送走，害怕彻底被人遗弃。除此之外，我还害怕开车时撞车，害怕家里突然着火，害怕我的养父母突然死去，总之每天都是紧张兮兮的。"

"怎么会这样，看你现在这么乐观，你是怎么调整的？"我更加好奇。

"这都是因为我的丈夫。"小管的眼睛亮了起来,"我的丈夫是我的大学同学,他是一个很理性、很乐观的人。他对我说,不要让过去的不幸和委屈影响现在的情绪,他还帮我分析,我所害怕的事情发生的概率非常小。为了让我相信,他带我去爬一座很陡峭的山,我很害怕会突然摔下去,他就一直鼓励我,慢慢往上爬,一定不会出事的。最后,我果真顺利爬到了山顶。诸如此类的事情还有很多,慢慢地,每发生一件事,我就会往好的那方面想。比如,我打不通养父母的电话,我会认为他们是去外面玩了,而不会再像以前那样,想象他们遇到了什么麻烦。"

"看来,你是完全从过去的不幸中走出来了。"

"差不多吧。我丈夫说得对,过去的不幸就是纸老虎,看着吓人,可是轻轻一捅就破了。人活一世,谁都会遇到点不幸,我不能让已经过去的不幸影响我们今后的生活。"

小管看待问题的态度和精神的确值得我们学习。

每一个被过去的苦难和伤痛所牵绊的人,其实都可以像小管这样用积极的、正面的心态取代消极的、负面的情绪。我们要清楚地知道,大多数负面情绪不过是因曾经的苦难而产生出来的想象,它就是一个"纸老虎",用凶悍的假象掩盖了一捅就破的实质。

心理专家告诉我们,要想迈过"纸老虎"这个坎儿,我们就必须舍弃心中那些毫无缘由的幻想,摆脱它们对我们情绪的侵扰。同时我们还要认识到,曾经的苦难虽然让人痛心,但对我们来说也并非毫无意义可言,正如一位哲人所言:"人生本短,痛苦使之长耳。"

因此,与其让痛苦成为我们心理上的负担,不如正视它,让它拓展我们生命的深度,帮助我们体会人生百态,丰富我们的生命。

## 6. 我只是敢和别人想的做的不一样

在《论语》里有这样一段对话，说的是鲁哀公曾经问孔子："你的学生当中哪个好学？"孔子回答是颜回。他在说颜回优点的时候，其中有一点就是"不贰过"，意思是"不两次犯同样的错误"。

是的，如果能不两次犯同样的错误，可以算是非常难得了。

常言道"人非圣贤，孰能无过"，犯错误可以，但不要犯同样的错误。好像走在路上，第一次因为不注意被一块石头绊倒了，但是第二次走时，还是没能够记住上次被绊倒的地方有一块石头，结果又被绊倒了。

被石头绊倒，最多就是疼一下，所以多被绊倒几次也没什么大问题。但是，如果在人生的路上反复被同一块石头绊倒，那么迎接自己的便不再仅仅是小疼痛和一身泥土那么简单了，它可以影响一个人的前途，甚至可能造成这个人终生的遗憾。

总是犯同样的错误，容易让一个人陷入挫折不断的状态，更可能毁了这个人。

报纸上曾经报道过这样一则新闻：

一个被判了死刑的年轻人，罪名是抢劫杀人。临刑前，他写了一份遗书，并且希望有报纸或者其他媒体能把这封遗书刊登出来。

遗书的内容除了忏悔之外，还写了自己为什么会走上现在的不归路。他老家在农村，在上小学的时候，有一次他发现一个同学带到班上的文具盒很不错，只要一打开就能够在上面放一本打开的书。

在 20 世纪 90 年代初的农村，这种文具盒非常少见，他心动了，当时他才上二年级。

但他的父母都是朴实的农民，每天为家里的生计操劳，根本不可能给他买这样的文具盒。那个同学的父亲做点小生意，相对来说，在村子里还是比较有钱的。这让他很不平衡，他在那一阵子满脑子想的都是："我一定要拥有那样的一个文具盒！"

终于有一天，在放学之后，他把那个同学在半路上截住，说道："把你的文具盒给我，否则揍扁你！"他在班里是个子最高、身体最壮的，平时很少有人敢惹他。

那个同学仰着头怯怯地看了看他，最后把文具盒给了他。

他捧着文具盒，如获至宝。但是，他还是踢了那个同学两脚，然后说道："你敢告诉你的父母或者老师的话，就不会像今天只踹两脚这么简单了。懂吗？"那个同学强忍着眼泪点点头。

那天他很晚才回家，他抱着那个文具盒在荒郊野外奔跑了好久。

第二天，他就被老师叫到了办公室，原来那个同学还是"告密"了。他被老师训斥了很长时间，后来他还记得，其中有一句话就是："你知道你做的事情有多恶劣吗？现在你能抢同学的文具盒，如果不思悔改，长大了就能抢银行！"

他也知道自己的做法是错误的，但是没想到要改，所以一而再再而三地犯错。后来老师通知家长，他父亲把他狠狠地揍了一顿。这样的效果却只是让他在以后犯错的时候，尽量不让老师和父母知道而已，别无其他作用。

他初中没毕业就不上学了，然后和社会上的一些小混混在一起。结果，最后年纪轻轻就成了抢劫杀人犯。

在遗书的最后，他说："我知道这一切都是因为小时候的那个文具盒……"

　　这一切的根源在哪里？表面上是从那个文具盒开始的，深层原因就是因为自己反复犯同样的错误。

　　人非圣贤，不是不能犯错，就像长辈经常教育年轻人说的那句非常通俗的话一样："千万要长点记性！"犯错不是不可原谅，只要记住以后不要再犯类似的错误，那就是一种非常大的进步。

　　有心理学家做过这样的实验：在一个金属盘子上放一块骨头，然后给盘子通上电，让一条狗去啃骨头。第一次，狗毫不犹豫地扑上去咬骨头，结果被电了一下。那条狗惨叫一声，不过还是禁不住骨头的诱惑，第二次用嘴去啃骨头，结果是再次被电。

　　这两次之后，即便是心理学家把电源关闭，金属盘子不带电了，那条狗也不会再碰里面的那块骨头了。

　　心理学家由此得出结论：当同样的挫折不断出现的时候，下一次尽量避免这样的挫折，是动物的本性。挫折有时候充当的是教师的角色，它让人们在一次又一次遭受痛苦之后，学会如何避免或者应对类似的挫折。所以我们要感谢挫折。

　　我们不怕犯错，就怕错了之后再犯。我们不怕挫折，就怕挫折之后还是因为自己的原因而再次陷入同样的困苦境地。一个人第一次受了挫折，第二次就要学会如何避免这样的挫折。

　　一开始的挫折是一个人的老师，而同样的挫折不断产生，就变成一个人的厄运了。关键还是看能不能从错误中吸取教训，从挫折中得到教益。

　　在人生路上，我们可以被写着"错误"或者"挫折"的石头绊倒，但不要被同样的石头绊倒第二次。

# 第二辑

## 谢谢你，让我看到世界这么美

### 1. 先成为自己的大英雄

春风过后，大地会披上新装，万紫千红；雨露降临，满池荷花将碧海连天；大雪纷飞，香梅总会在熬尽苦寒后傲立群芳。

你看，是否所有的事物都要经历过各自的一段生命周期后，才会茁壮成长，屹立于天地之间？

所以，对于我们人类来说，当遇到挫折或一些苦时，也不能轻易放弃，相信风雨后会有彩虹。

在职场上打拼，没有不吃苦的。在吃苦的过程中很多人却有以下的抱怨：起床太匆忙，没时间吃早餐；想打车，被别人捷足先登；

打上了车，道路却拥堵；策划做得不好，被上司当着所有同事的面批评；同事升了职，自己还在原地踏步……

你似乎很有底气地说：整天被这些烦心的事情纠缠，人生根本不快乐，我无法改变这些，抱怨一下也不行吗？

如果你的眼光只关注这样的事情，自然会滋生抱怨的心理，很难得到快乐。你之所以抱怨不快乐，那是因为你没有在工作中挖掘到那些快乐的事情，而只是关注了痛苦。

快乐不是凭空等来的，而是需要你去寻找与发现的。只有积极发现快乐，你才能领略到快乐的美好。

派克市场是美国西雅图市一个非常特殊的地方。之所以这样说，是因为这里跟一般的市场有所不同——在市场尽头的一个鱼摊前充满了快乐。来到这里的众多顾客和游客都一致认为，到此处买鱼是一种快乐的享受。

原因就在于，这里的鱼贩虽然整日被鱼腥包围，每天都干着繁重的工作，但他们总是将笑容挂在脸上。而且他们个个身手不凡，工作起来就像是马戏团的演员在表演一样。

尽管海风很冷，可是这个鱼摊却让这里变得温暖起来。

有一位来自威斯康星的游客选了一条三文鱼，只见鱼贩淡定地站在原地，抓起鱼向后面的柜台扔去，并且喊道："这条鱼要飞到威斯康星去了。"柜台后的鱼贩也露出笑脸，顺势将空中的鱼接住，还不忘来一句："这条鱼飞到威斯康星了。"话音刚落，这个鱼贩就将这条鱼打包完毕了。

围观的人们见他们整个动作一气呵成，不禁齐声欢呼，大家在笑声中买了鱼满意地离去。

这个特殊的鱼摊就是著名的派克鱼摊。跟市场上其他的鱼摊相比，它并不出众，可是为什么它具有这么大的魅力呢？

有一次，一位记者专程来采访这里的鱼贩，问道："你们在这种充满鱼腥味的地方做苦工，为什么还能保持这么愉快的心情呢？"

其中一个鱼贩回答说："几年前，这个鱼摊处于破产的边缘，于是大家整天抱怨。后来有人建议说，与其每天抱怨地工作，还不如改善工作的品质。"

"在接下来的工作中，我们发现快乐对于自己和顾客来说都非常重要，于是我们不再抱怨生活的艰难，而是把卖鱼当成一种艺术，创造了'飞鱼表演'。不管哪一天，只要来了客人，我们都要亲切地问候他们，进行表演。就这样，我们在工作中找到了快乐。"

这种工作气氛还影响了附近的居民，他们经常到这儿来和鱼贩聊天，感受他们的好心情。后来，甚至有不少企业主管，专程跑到这里来学习既愉快又有活力的工作方式。

所以说，一个人能否快乐完全在于个人的选择，无论你身处何种环境，无论你的心情糟糕到何种地步，只要在工作中寻找并发现乐趣，就能享受到快乐。

美国石油大王洛克菲勒曾说过："如果你将工作看成是一种乐趣，那么你的人生就是天堂；如果你将工作当做一种义务，那么你的人生就是地狱。"

很多时候，我们总在抱怨工作的繁忙和单调，心中充满了烦恼和无奈。其实你不知道，工作总是快乐的，而这种快乐的秘诀，不是做自己喜欢的事，而是"喜欢自己做的事"。

工作的快乐其实就在每一个细节之中，需要你用乐观的心态去体味与领会。

我有一个表妹叫晓可。她大学毕业后，开始四处找工作，尝试过多种工作之后,她被宝宝网录用了,成了一名网络编辑。晓可爱好文学,加上又非常喜欢小孩子,所以对这份工作很满意。

在工作中,晓可经常跟准妈妈们交流,并能在组织的现场活动中接触到一群可爱的宝宝。虽然有时候由于工作需要得加班,可是她没有半句怨言。她还经常对同学提起自己的工作:"我在工作中不仅学到了很多育儿知识,而且还结识了不少朋友。"

相比之下,在晓可的单位,还有几个"怀揣梦想"的大学生。他们从事网络编辑工作之后,觉得工作十分枯燥,每天都在重复同样的事情,毫无新意可言。由于理想与现实的巨大差距,他们在心理上无法找到平衡,因此满肚子牢骚,最后离开了公司。

微软公司董事长比尔·盖茨说过:"如果只把工作当做一件差事,或者只将目光停留在工作本身上,那么即使是从事你最喜欢的工作,你依然无法持久地拥有对工作的热情。"

一个人对工作没有热情,自然不会得到其中的乐趣,只能抱怨这个,抱怨那个。

有一句话说得好:"没有抱怨,你不一定会成功,但是有抱怨,你一定不会成功。"抱怨是妨碍我们工作顺利和事业成功的大毒瘤,必须铲除。

美国著名的成人教育家卡耐基曾说过这样的话:"如果我们有着快乐的思想,我们就会快乐。如果我们有着凄惨的思想,我们就会凄惨。如果我们有害怕的思想,我们就会害怕。如果我们有不健康的思想,我们就会生病。"

在这个世界上,命运往往是公平的。很多时候,上帝在关闭一扇大门之时,必定会留一扇希望之窗。与其死守着那扇紧闭的大门怨天尤人,不如转身尽快找到属于自己的那扇窗。

打开窗户，外面就是一片蓝天。因为等待你的，可能是一片更宽广的天地。

用乐观的心态去勇敢地面对苦难，尽快排除抱怨的情绪，并且积极努力地应对生活，那么，这样的人定能远离抱怨与牢骚，定能从灰暗走向光明。

所以，时时提醒自己，对工作充满兴趣，发掘工作中的快乐，而不是关注其中的痛苦，那么你就能成为一个快乐而不是整天抱怨的人。

## 2. 我知道自己一定要使内心变得强大

没有沙子便没有珍珠。给你一个选择，想做沙子还是珍珠？

相信很多人会说，沙子那么普通，随处可见，是那么卑微；珍珠比较稀有，又是那么光鲜、那么高贵，当然选择做珍珠了。

世人皆想做珍珠，却很少有人能够真正地成为珍珠。

这是因为，沙子变成珍珠要经过很多磨炼。想要从沙子变为珍珠，就要有能在"珠母"分泌物中忍受黑暗的毅力，承受孤独和痛苦的坚强，三年，五年，甚至更长的时间……

有这样一个故事：

它原本是绵长沙滩上雪白沙砾中的一员，每天享受着阳光和海水的抚摸，也承受着被人践踏的痛苦。它常想：我不甘心只是一粒平凡的白沙。

直到一天，它听说了一粒沙子在河蚌身体里变成珍珠的故事，它决定也要那样做。旁边的沙粒都嘲笑它太傻，去蚌壳里住，见不到阳光、雨露、明月、清风，甚至还缺少空气，那样做的话简直太可笑了。

可那粒沙子，还是无怨无悔地跳入了一个河蚌的身体里。

许多年过去了，河蚌打开了自己的身体，一道绚丽的光射出来，那粒沙子终于长成为一颗晶莹剔透、价值连城的珍珠。

而那些笑话它的沙子，有的早已化为灰尘，有的还静静地躺在海边，依然是那么平凡无奇。

每颗珍珠的前身其实就是一粒小小的沙子，但这并不意味着每一粒沙子都能成为夺目的珍珠，想要成为珍珠，完全取决于沙子的内心选择。

同样，每一个人都有成功的潜力，关键是你内心是否做好了付出的准备，是否能够勇敢地挑战自己。

当一些人被问及最近过得怎样时，他们的回答几乎都是千篇一律："马马虎虎，混口饭吃""能怎样啊，还是小职员一个……"

为什么答案总是这么一致？就是因为他们的惰性心理，安于现状不想去迎接新的挑战所致。

了解了这些后，你要想从"沙子"变成"珍珠"，拥有卓尔不群、鹤立鸡群的资本，就要强化自己的心灵力量，对自己提出超出一般人期许的要求，不断地挑战自我，以迎接随之而来的痛苦、磨难、艰辛等，并且毫无怨言。

在马云离开中国黄页时，带走的12个人里，有一个叫做李芸的。

李芸曾经是马云的第一位秘书，此前还是马云在夜校教英语课时的学生。后来李芸进入了中国黄页，除了是马云的私人秘书之外，她还管理着公司的人事和财务。她在中国黄页一干就是两年，可以说李芸对马云还是十分忠心的。

当马云一行人于1997年11月离开桐庐准备北上进京打拼时，李芸也是其中的一分子。那时候的她已经结婚了，可还是义无反顾地跟着马云去了北京。然而，李芸很快就感觉到异地生活可能会对日后的婚姻生活造成不太好的影响，所以在北京待了一个月后，她离开马云的团队又返回了杭州的家，在一家化妆品公司上班。

后来马云回到杭州创业，曾邀请李芸回来，但因为种种原因，李芸拒绝了。

人一生的命运基本上取决于在每个岔路口所做出的选择。选择的正确与否，很可能会决定日后的生存环境和生活质量。

那些年，跟随他和放弃他的人，多年以后的命运截然不同。

与马云一起痛苦坚持的，坚定目标的，最后收获的是当初自己没想到的。离开马云的，虽然获得了安稳，但谁又能保证，他们在多年后看到阿里巴巴的崛起时，心里会不会感慨——如果当初自己多一点坚持，情况会完全不同。

目标是人生的指南针。一个人在最初给自己定下高目标，并倾尽全力要完成时，即便他最终没能完成目标，但他收获的也一定比只看到眼前的人多。有很多人，他们每天辛勤工作，却也只能糊口。有些人不安分守己，人生起起落落，看起来生活过得不踏实，却因为内心藏着坚定的目标，而最终能走得更高更远。

有些人总是为自己的失败找理由来开脱，他们会说自己之所以不成功，是因为他人或者社会的某些原因。但是，莱斯·布朗这位曾经因为智障而遭到父母遗弃的演说家，却取得了一般人难以取得的成功。因为他没有抱怨命运的不公，而是不断地战胜自己。

一个人只有战胜自己，才能够拥有全新的人生。

老子说:"知人者智,自知者明;胜人者有力,自胜者强。"聪明人了解别人,但了解自己的人才是拥有大智慧的人;战胜别人其实不是最强大的,真正强大的人是那些能够战胜自己的人。

强大你的"向心力",不断挑战自己,相信你一定会从"沙子"变成"珍珠"。即使变不成"珍珠",你的生活也将不再灰暗,因为每天都有挑战,每天都有期待。

这样的生活,又怎能不是有活力、有希望的呢?

## 3. 走完该走的路,才能走想走的路

世上没有不凋零的花朵,最好的苹果也只是红一半青一半。人生在世不可能永远都一帆风顺,只有勇于品尝痛苦的人才是生活的强者。

噩梦也往往是在不知不觉中发生的。例如:失业、离婚、亲人离世、破产等。只要活着一天,这些痛苦总是接二连三在我们身边来来去去。

当一个人平静的生活起了波澜的时候,那么他的心智和意志将被痛苦消耗而磨损。他会情不自禁地咒骂着:"我这么努力到底是为了什么啊?老天爷你对我太不公平了!"他几乎相信,他已经失去了为之努力的目标,他的人生毫无意义可言。

人生就像赌局一样,当你手中握的牌大多是烂牌的时候,你不知道将游戏如何进行下去。其实,你可以换牌的。

某心理学家曾经做过这样的研究,研究对象是因车祸而导致半

身不遂的人们。他们大多都年纪不大，但因车祸丧失肢体活动能力，可以说命运对他们而言太残酷了。

不过，他们很多人都说，这是他们人生中的转折点。

有一个叫鲁奥吉的青年，他也是该研究中心的调查对象。在20岁那年，他骑摩托车出了车祸，腰部以下全部瘫痪。鲁奥吉在事后回忆说："瘫痪使我重生，所有事情我都必须重新学习，对我来说磨炼最大的就是意志。"

鲁奥吉积极乐观的态度，让他重新对生活产生了热爱之情。他说自己以前只不过是个加油站的普通工人，没有什么人生目标。车祸以后，他的人生反而更丰富了——攻读了语言学士学位，还担任一家公司的税务顾问，同时练就了射箭和钓鱼的高超技术。

他强调，"学习"与"工作"是让他最快乐的事情。

的确，往往经历过最难熬的人生阶段，你就会获得累累的硕果，因为你在逆境中会反省和提高自己，你看待未来的方向也更明朗了。

想要命运尽在掌控之中是难事，但人生经验能帮到你，让你愈来愈坚强。很多灾难在时过境迁之后回头看它，会发现它并没有当初感觉得那么糟糕，这就是人生的成熟与锻炼。

基督圣歌《奇迹的教诲》里面有这样一句歌词："所有的锻炼不过是再次呈现我们还没学会的功课。"痛苦的本质就是让我们学会如何获得幸福，更重要的是，让你学到该学而没有学完的功课。

1963年的春天，一个孩子出生在北京的一个普通工人家庭。他是家里最小的孩子，按照常理，理应是所有兄弟姐妹中最幸福的一个。但是，天有不测风云，他还没有享受到美妙的童年，父亲就在他两岁的时候去世了。家庭的重担就落在他母亲一个人肩上。

七岁的孩子大部分都高兴地背着书包上学，但是他不能，他进了北京体校的武术班开始学习武术。

困窘的家境让他很早就学会了替家里着想。

为了省下车费,他就跑步去上学。后来他发现,跑步使鞋子更容易穿坏,于是他毅然决定光着脚跑步去上学。

在训练的时候,他很刻苦,并且把"梅花香自苦寒来"这句诗用自己的话"改装"了一下:"没有三九彻骨寒,哪有梅花喷喷香。"这成了他的招牌话,也能从中感受出他为训练不怕吃苦的决心。

北京的夏天很热,他进行体能和武术技能方面训练的日子,用"苦"来形容一点都不为过;到了冬天,又冷得刺骨,而他为了训练又不能穿很多的衣服保暖,但是他根本就不在乎这些。

在他的心中,只有一个概念,就是不断地训练训练再训练!

有时候手磨出了血疱,或者关节扭伤了,连教练都让他停下来休息的时候,他依旧坚持练下去。

因为他深切地明白一个道理,自己的家庭虽然没能够给他一个孩子应有的幸福,但是这并不代表自己就没权利享受幸福。

他要通过不断地吃苦,来拉近自己与幸福生活之间的距离。

事实证明了他是正确的。在1974年的全国武术比赛中,他一个人获得了少年组和全能方面的两个第一名。就是这样一个拿吃苦不当回事儿的人,从1975年开始,连续五年获得全国武术冠军。

1980年,在电影《少林寺》中他饰演觉远和尚一炮走红,从此逐渐走上自己事业的巅峰。对,他就是李连杰。他的成就告诉我们,以吃苦为基础,就能够最终获得令人艳羡的成就,得到无上的幸福。

多数人觉得李连杰命好,但是,谁又能理解他背后的辛酸?就像成龙有一次接受采访时说道:"有人觉得我的《醉拳》拍得好,更有人羡慕我头上的明星光环,但是,没多少人知道我为了把《醉拳》

拍好，在下面对着镜子一遍又一遍地打醉拳的辛苦。"

李连杰有句名言："只有了解了痛苦，才能够真正地快乐。"他用自己的实际经历证明了这句话。懂得了吃苦，敢于吃苦，甚至像他一样仿佛对吃苦上了"瘾"，也就拥有了得到幸福的资本。

把幸福建立在吃苦的基础上，这样得来的幸福就更稳固，也更让人在心底里觉得异常甘甜。

事业成功、恋爱顺利、生活优裕、鲜花掌声都会给我们带来欢乐，但毕竟还有太多的风风雨雨、太多的不如意、太多的身不由己。

——想做的事情不能去做，不愿做的事情偏得去做，同样的努力却得不到享受成果。希望过得风风光光，却偏偏像一架古老的织布机，编不出缤纷的色彩。

人生就像是一首悲喜交加的交响曲一样，我们在享乐之余，还要学会超越苦难。一切苦难都有过去的一天，迈过了这道坎就等于超越了自己。

伟大的文学家罗曼·罗兰曾经说过："快乐虽然人人向往，但它不免是肤浅的，痛苦虽然可怕，但它是深沉的。"又有人说，你在吃苦说明受到了上帝的宠爱，因为从痛苦中能提炼出智慧。

## 4. 在梦想的道路上匍匐前进

其实，我们已经到了没有多少锦瑟年华可以肆无忌惮地和谁去分享的年纪，但也还没有到捧着回忆度日的年月。

流年，它不紧不慢，却又真实地从你身边走过。

就像此刻,我仿佛听到了清晨小鸟的叫声,抬眼望去,却已是夕阳。闭眼,希望享受这黄昏的一抹残阳,感受到的,又是星空下的寂静。

不知从何时开始,没到黄昏,总是要把窗帘拉上,像是很怕夕阳照进我的房屋,爬上我的桌案,告诉我,我的人生已经没有多少时光虚度。我喜欢日落,因为它行将流逝,正出于这份珍贵,带给我一种惆怅的美。而我所能抓住的,只有那一抹残阳的余晖,在日夜交替的时光里,终止不住内心那一丝的伤感。

人生好似一场修炼,和时光修炼、和命运修炼,似乎是在斗争着什么,却分不清敌友在何方。可我们知道,明确地知道,我们都会是输者,输得美丽而颓废,输得决裂而清澈。

大家喜欢用一帆风顺来祝福别人,但这只是个祝福。

实际上,世界上绝不会有人永远一帆风顺,万事如意。人生在世,难免遇到困难坎坷。

人生中经常遇到的就是这样一种情景:成果未得,先尝苦果;壮志未酬,先遭失败。即使有时躲过了灾难,但躲不过坎坷;躲过了厄运,但躲不过挫折;躲过了逆境,但躲不过尴尬。即使躲得了一时,但躲不了一世。一个人志向越高,越是上进,就越容易感受到挫折。所以说,挫折像一把双刃剑一样,有利有弊,就看你用什么样的心态去对待。

对于人来说,挫折总有其积极和消极的两面性。洛威尔曾说:"灾难就像刀子,握住刀柄就可以为我们服务,拿住刀刃则会割破手。"

受挫折消极影响时,人们常常感叹:生活真难啊!但真正懂得生活的人,他们会对自己说:挫折是一种历练,会让自己变得更加强大。纵观古今,那些功成名就的人无一例外都是经历过挫折历练的人，在逆境中往往出人才。

让我们看看司马迁在《报任安书》中那段非常著名的描写：文王被拘禁时推演了《周易》；孔子在穷困的境遇中编写了《春秋》；屈原被流放后创作了《离骚》；左丘明失明后写出了《国语》；孙膑被砍去了膝盖骨，编著了《兵法》；吕不韦被贬放到蜀地，有《吕氏春秋》流传世上；韩非被囚禁在秦国，写下了《说难》《孤愤》；《诗经》三百篇，也大多是圣贤们为抒发郁愤而写出来的。

凡有成就者，莫不是能经受住苦难考验的人。人如果太幸运，离开挫折的"哺育"、悲痛的"滋养"，就会不知天高地厚，也不知自己能力究竟有多大，最后变得碌碌无为。

古人早就意识到苦难和挫折是培养人的最好环境。孟子有"天将降大任于斯人也，必先苦其心志，劳其筋骨，饿其体肤"的名言。古诗中有"宝剑锋从磨砺出，梅花香自苦寒来"，以及"庭院难养千里马，花盆难育万年松"这样的名句。

花卉靠大树庇护而生活，早晚会被无情的大风吹折。娇生惯养的人经不住大风大雨的考验，也成不了大器。

人生中最好的大学就是逆境。

生命绝不仅是绿叶簇拥红花的荣耀，更多的是一种苦涩。冬天来了，你觉得春天还会远吗？

有一种学名为"帝王蛾"的蛾子，变成蛾之前它是在一个空间十分狭小的茧中度过的。当它破茧之时，这个过程可谓走了一趟鬼门关。因为要靠那娇嫩的身体拼尽全力才能破茧成功，然而多数幼蛾都在耗尽全力后壮烈牺牲。

有人动了恻隐之心，看幼蛾破茧太费劲，于是用剪子在茧子上剪了一个口子。这样一来，幼虫倒是轻而易举地破茧而出。

但是，这样的蛾子却不是真正的"帝王蛾"，因为它们没有经历自己破茧而出的倾尽全力，所以出来后，它们的翅膀用不上力气，自然也就飞不起来。

成功的人生告诉人们：此处受到挫折，彼处会得到补偿。失之东隅，收之桑榆。

人在每经历一次挫折后，就多了一分积累，少了一分走弯路的可能。挫折并不可怕，可怕的是遇"挫"即"折"。挫折催人成熟，跌倒了并不要紧，关键是要赶紧站起来，继续斗志昂扬地向前迈进。

1978年，俞敏洪第一次参加高考，高考成绩惨不忍睹，英语才得了33分。第二年参加高考依然是名落孙山，不过这次英语得了55分。

两次高考失利的俞敏洪并没有灰心放弃，反而是越挫越勇，在第三年高考中成功上演了一出否极泰来的精彩好戏——以英语95分的好成绩考入了北京大学西语系，颠覆了古今军事至理：一鼓作气，再而衰，三而竭。

两次高考落榜，对于许多人来说，这个过程是一种折磨，结果令人沮丧。至于为什么还会参加第三次高考，俞敏洪总结为："我性格中有些坚韧不拔的成分，做事情非要把事情做得相对好。比如我考大学，第一年没考上考第二年，第二年没考上再考第三年；出国也是联系了四年，当然最后没有成功。后来做新东方做了十四五年，到现在还在很认真地做。总体来说，性格里还是有一种坚韧性，不会随便放弃。"

在后来的教学中，俞敏洪经常给他的学生讲这个道理，教导他们在学习和生活中要学会坚韧：坚持一百次可能都是失败，坚持到第一百零一次可能就成功了。我们一定要养成一种习惯——死不买账,我不信坚持下去明天还没有结果。慢慢坚持下去,你就会发现你变了,变得有耐心了,变得更加沉着了。

因为是英语专业,大多数老师都是全英文授课。俞敏洪在讲台下听老师讲课就如同听天书一样,看着老师的嘴一张一合,发出来的却是自己听不懂的声音。当时的俞敏洪觉得自己被抛入了万丈深渊,眼前发黑,郁闷之情无以言表。

更糟糕的是,英语系是小班授课,被老师点名发言是所有学生都逃不掉的环节。课堂发言对俞敏洪来说,与其说是一场不可逃避的劫难,更不如说是一次次相当沉重的打击。本来问题就没听明白,张口回答问题就更难了。

听着从俞敏洪嘴里蹦出来的断断续续的江阴英语,同学们抿嘴直乐,老师也无奈地直摇头,说了句并无恶意的玩笑话:"你除了俞敏洪三个字能让人听懂外,恐怕再没有什么能让人听得懂了。"

人可以平凡,但不可以平庸。俞敏洪不是那种自暴自弃的人,骨子里那种永不放弃的韧性在屈辱和压抑中再一次被激发了。他开始了"令人发指"的魔鬼训练。

俞敏洪每天除了吃饭睡觉,其余时间都抱着一台小小的收音机钻到北大的小树林里听英语广播。还有一些英语教材的磁带,他也是一遍遍地听,一遍遍地模仿,不分日夜。

用俞敏洪的同学的一句话形容,就是"俞敏洪当时听外语听得两眼发直,蓝汪汪的,像饿狼一样"。

渐渐地,俞敏洪发现词汇量不足是导致自己听力能力差的真正"元凶"。于是他又捧起了厚厚的单词书,起早贪黑地狂背单词。

付出总有回报。几个月下来,俞敏洪的英语听说能力有了很大进步,从上课听不懂老师讲课到可以听懂七八成,回答问题也从"牛头不对马嘴"到了"八九不离十"。尤其是他积累的词汇量大得惊人，是班里公认的"活字典"。

我们都知道，古人科考大多都是十年寒窗，最后才一鸣惊人高中状元的。谁的成功也不是来得那么容易的，想离成功近一些吗？那就得学会吃苦。

马云作为阿里巴巴的创始人，在一次演讲中问："你们想成功吗？想当老板吗？想赚到很多钱吗？"下面黑压压的人群中，传来异口同声的回答："当然想！"马云继续问："但是，你们现在都还不是，知道为什么吗？"大家自然不知道。

这时候，马云说："阻碍你们成功的最大问题，在于你们不能够吃苦。你们以前过的日子太舒服了，不明白什么叫做真正的苦难，什么叫做真正的压力。所以，一旦遇到挫折，你们就倒下了。你们被苦难和压力打败了。"

至于怎么样才能达到一开始马云所说的目标，马云建议大家要学会吃苦，在吃苦中锻炼自己，在吃苦中完善自己。

只有这样，才会在充满未知的社会中永远站稳自己的脚跟，而成功就是在根基牢固之后才能够收获的果实。

## 5. 感谢现在折磨你的人

没有人生来就喜欢经受痛苦，更多的人是喜欢顺顺利利地生活。生活过于顺利，生活环境过于安逸，往往是人们丧失斗志的根源。很多时候，人为了安于现状逃避现实，选择龟缩一隅。

其实，这样做是错误的。我们应该感谢那些挫折和磨难，正是因为这些磨难激发了我们的潜能，使我们从中得到奋发向上的动力。

我们都得到过肯定、赏识和激励，而伤害、打击、蔑视和折磨是让我们印象最深刻的。

人们对那些打击过自己的人心存怨恨，对帮助过自己的人心怀感激，这是人之常情。但反过来想想，不是那些打击和折磨，怎能让我们看清自己身上的不足之处，使我们成长起来呢？

著名企业家郑道常说，他是在别人的嘲笑声中成长起来的。

中学时，他根本没有多少心思用在学习上，日子过得浑浑噩噩，这样的生活一直延续到高三那年。

有一天，两个成绩很好的同学在一起讨论他们要报考的大学，这时郑道也凑了过去，说出自己理想中的大学。

那个学校，就连班里学习成绩最好的同学都是难以考上，其中一个同学给了郑道一个不屑的眼神，还挖苦讽刺道："人啊，还是现实点好。"

郑道的脸一下子涨得通红，他发誓，一定要考上那所大学，让他们看看他不是在做白日梦。

下定了决心，郑道开始恶补落下的功课。

奋斗了一年后，郑道的成绩大幅度提升，可是他不甘心屈就于一所普通大学，倔强的他坚持复读了一年，考上了当初他理想中的那所大学。

2005年，大学毕业后的郑道只身前往深圳寻求发展。此前他一个同学初中毕业后就去了深圳学技术，当时每月已经能拿到6000多元，同学的父亲在村里到处炫耀他儿子是全村最会挣钱的。

刚到深圳，郑道找到的工作不太如意。

那个同学的父亲跑到郑道家里去，跟郑道的父母说他在深圳找不到好工作，大学生还不如初中生会挣钱，书都白读了。

郑道接到父亲饱含担忧的电话，心里十分难过，他暗下决心，一定要混出个样子来，超过那个同学。

经过三年的拼搏，郑道在一家大公司担任经理一职，工资收入早已超过了那个同学，并且有了自己开办公司的念头。

后来，他办好了离职手续，几个同事为他摆送行宴，席间大家喝了不少酒，也对他说了不少祝福的话。

喝酒期间，郑道出去接了个电话，回来时却听到原来的上司在屋里大声说："你们看着吧，郑道看上去好像很自信，我看他是太自负了。他在这行做了多久，就想单干？我也不是看不起他，他的那个公司办不办得起来还不一定，就算办起来，能撑上几个月也算是他运气好了。"

没有资金、场所、帮手，为了将公司办起来，郑道不知付出了多少汗水，经历了多少挫折，才招揽到几个旧同事和自己一同打拼。

为了打开市场，郑道亲自跑市场，找机会，遇到了重重困难，他甚至一度怀疑自己当初的选择是不是正确的。

然而，老上司那轻蔑的言语时常回荡在他的耳畔。

郑道告诉自己，不管怎么样，也要坚持住，哪怕就为了让那些不相信他的人看看，他有能力做成自己的事业。

凭借坚韧的意志，不懈的努力，郑道的公司终于走出了暂时的困境，业务量不断扩大，公司在业界已经小有名气。

郑道说，他很感谢那些刺激过他的人，是他们的讽刺、打击让他不甘服输，无论在多难的情况下都咬牙坚持了下来。

所以说，我们应该感谢那些伤害过我们的人，没有他们，我们就不可能进步。

如果世界上只有一件事比受到伤害还要糟糕，那就是从来不曾被人刺激过。因为，当一个人受到刺激、经历磨难以后，他的潜能才会被激发出来，才会获得新生。

不犯错是不可能的，经历曲折是很正常的现象。

在你徘徊不前的时候，有个人适时刺激你一下，能够使你觉醒。这样就能把磨难当做动力，将挫折化作勇气，将刺激当做鞭策，朝着自己认定的目标不断前进。

## 6. 我想要的礼物叫"失败"

大部分人都畏惧失败，遇到失败就好像万劫不复了。

其实，许多人要是没有遇到类似失败这样的逆境，他们本身巨大的能力便很难被发掘出来。

人的潜能往往都是在极大的逆境中被激发出来的，因此，从某种角度来说，当我们面对失败时不要表现出一副悲观的样子。

你要知道，世界上的失败都是相对而言的，不要因为一次失败而一蹶不振，要从失败中吸取教训才能更快地成长。

实际上，失败也只不过是短暂性的挫折而已。

人只有通过各种各样的考验才能验证出自己能力的大小。有时候失败让我们看清了是自身能力不足所致，需要提升自身能力后才有可能将这个敌人打败。

这个敌人不是别人，而是我们自己。

你若是能认为暂时的失败只不过是经验的学习，那么你一生中成功的次数将远超过失败的次数。

科学家做过这么一个有趣的实验：他们将一条梭鱼和许多小鱼放在了同一个水池里，梭鱼如果饿了，只要张张嘴，就可以吞进很多小鱼。随后，科学家找来了一个玻璃罩，罩住了梭鱼的嘴。

在最初，刚戴上玻璃罩的梭鱼看到小鱼还会往前冲，但每次它张开嘴都吃不到小鱼。

慢慢地，梭鱼失败的次数越来越多，直至最后，绝望的梭鱼放弃了捕食小鱼的努力。

科学家在这个时候撤掉了那个玻璃罩，梭鱼还是对那些小鱼无动于衷，任凭小鱼从自己的眼前游过。最后，梭鱼被饿死了。

这个故事并非说明梭鱼脑子太笨，因为它确实是捕食小鱼的好手。在正常的环境下，它也能独立生存，但在面临无数次失败之后，梭鱼对自己的捕鱼能力产生了怀疑，最后变得绝望起来。

很多人惧怕失败。

有的人惧怕失败的结果，有的人惧怕失败带来的失望和痛苦，当然，我们不能因为这样就贸然断定害怕失败的人就不会成功。最重要的是，在失望和痛苦之后，能否重新振作，继续迎接挑战。

我们常常羡慕某个明星一炮而红，羡慕明星的财富和名气，殊不知，每个明星在成名之前，也都有过辛酸的历史。即使再好的演员，在没有合适的机遇之前，也只能从跑龙套做起，这中间的辛酸常常是外人所不知的，这种辛苦与成名后的风光相比犹如天壤之别。

如果因为一直得不到导演的赏识，没有机会出演，或者受不了跑龙套的苦，做群众演员的低微，就放弃了这条路，那么当今影坛一定没有这么多优秀的演员了。

面对失败，有人把它看做一种惩罚，一场灾难，从而放弃真正想要得到的东西；而有人则把失败视为一次完善自我的机会，只有在通过失败之后才能提升自己。

这两者有着根本的区别，前者是真正意义上的失败者，后者则是成功者。

纵观历史，凡是有所成就的人无一例外都有过艰辛的经历，而他们也都撑过来了，并且转化成对自己有利的经验及能力，从而协助自己创造更大的成绩。

1929 年夏天，卡尔·耶垂斯基在担任波士顿红袜队垒手时，成为棒球史上第 15 个击出 3000 次本垒打的人。

他在突破这项纪录前早就被媒体广泛关注，数百名记者在他破纪录的前一周就开始跟踪报道。某报记者问道："耶垂斯基，你认为这些注意力会让你发挥失常吗？"

耶垂斯基回答："我的看法是，在我的职业生涯中，我的击打次数超过了一万次，也就是说我有七千多次失误的机会，这样想就不会让我发挥失常。"

失败是成功之母，的确就是这样。

一个人坐着或是躺着，当然不怕东西把他撞倒。但如果他起来运动运动，这就很有可能被绊倒或是被其他一些别的东西刮伤。

这并没有什么大不了的，因为这会给你警示，当你再运动时，你会绕开那些绊倒你或是刮伤你的东西。

只要我们能正确地认识到这一点，给予这些挫败最佳的注解，就自然能够释怀，并且转化成对自己有益的能量。

爱迪生发明灯泡有过一万次的失败经历，当别人质疑他的行为时，他说："我只是在多找到一种发明不出灯泡的方法而已！"

航海家希望一切顺利,但是航行之中,岂会始终万里无云、波浪不兴?航行是难免不遇上风浪的,而随波逐流的后果不堪设想。

人生又何尝不是如此?

失败并没有什么可羞耻的,羞耻的是因挫折而畏缩。

古往今来不以成败论英雄,而以勇敢视豪杰。究竟怎样的表现才算得上是勇者?在逆境中敢于迎难而上的就是勇者的行径。

当我们由低到高向上攀爬时,没有着力点何谈向上爬起。人生的奋斗过程亦是如此,失败就是我们向上攀登的那个着力点。

人都有不如意的时候,然而,"失败是最好的礼物"。人只有在身处逆境之时,头脑是最清醒的,清醒的头脑才会帮助自己找到更好的出路。

如果你未来的幸福是短暂的失败所致,那么请你忍受失败;如果短暂的快乐会毁了你日后的幸福,那么请你将这短暂的快乐抛弃。记住:生命中的每个挫折、每个伤痛、每个打击,都有它的意义。

"不经历风雨,怎么见彩虹?没有人能随随便便成功"。

成功的前提条件就是要经历失败,只有经历过失败磨炼的人才能看到雨后的彩虹。

## 第三辑

# 你的才华，一定要撑得起你的梦想

## 1. 我只是没有能力过我想过的生活

我想起《阿甘正传》里的一句台词："一个人真正需要的财富就那么一点点，其余的都是用来炫耀的。"

繁华奢靡的世界，总有着填不满的欲望、无止境的攀比。每当我走在街道上，总会听到两个妇女吹捧她们孩子的成绩；每当我来到一座办公楼时，总会听到两个男人吹嘘自己的事业。

生活中，这样的事情时刻发生在身边。

看来，很多人的烦恼往往都是因为攀比而产生的。如果一个人总是拿自己的缺点去和别人的长处相比，就会觉得自己什么都不如别人，从而使自己陷入自卑和烦恼中。

健康的人很少关心自己的身体，即使有一个良好的体魄他也并不会因此而感到幸福，而疾病患者却深深体会到健康的重要性。

穷人也常常觉得有钱了才叫幸福，而有钱人却认为轻松自在、无忧无虑的生活才是幸福。爱攀比的人总是遥望着虚不可及的别人的美好，而看不到自己已经把握在手中的幸福。

英国文学家培根曾经说过："一切恶行都围绕着虚荣心而行，都不过是满足虚荣心的手段。"攀比很大程度上是由虚荣引起的。俗话说："人活一张脸，树活一层皮。"很多人为了面子不切实际地盲目攀比，不惜打肿脸充胖子，迷失在无谓的攀比中。

有这样一则寓言：

一头牛在草地上吃草，没留神踩死了几只小青蛙。

一只侥幸从牛蹄下逃生的小青蛙找到了青蛙妈妈，说其他伙伴被一个庞然大物踩死了。

"很大？"青蛙妈妈开始把身体鼓起来，不服气地说，"有这么大？"

小青蛙回答说："噢！亲爱的妈妈，那只大野兽要比现在的你大得多。"

"那么有这么大？"青蛙妈妈深呼吸，肚子更加鼓了。

小青蛙摇头："还没有那家伙一半大。"

不服气的青蛙妈妈把自己胀得像圆球似的："这次该和它一样大了吧？"没等说完，青蛙妈妈已经胀破了身体。

青蛙和牛本身就有很大的差别，牛即便再小也会大过拼命将自己吹胀的青蛙。认不清自己，胡乱攀比，只能自取灭亡。

一个人不能认清自己，就很容易陷入彻底盲目。牛顿曾经说过一句谦虚自知，而又充满智慧的话："我看得远，是因为我站在巨人的肩膀上。"

每个人都有自己的优点和缺点，正所谓"梅须逊雪三分白，雪却输梅一段香。"顽强的常青树往往无花，娇艳欲滴的花朵却往往无果。没有永远的失败者，亦没有永远的赢家，切莫盲目地攀比而失去了内心的平衡。眼光少在他人身上投放一些，多多关注一下自己，人生便会更加快乐。

有句话说得好："与他人比是懦夫的行为，与自己比才是真正的英雄。"

在竞选一个重要职位中，一个各方面都很优秀的女孩输给了一个名不见经传的应届毕业生。这个毕业生各方面并不出众，可以赢得这个职位的原因很简单：她是副县长的女儿。

这女孩相当不服气。回到家里，女孩气呼呼地把事情说给做了一辈子农民的父亲听。父亲听完了女儿的抱怨之后，并不言语，起身拿了锄头，吩咐女儿和他一起去地里锄豆子。

父亲在村西的岗地里种上了豆子，岗下是同村王叔家的花生田。由于岗下的土地比较肥沃，所以花生长得郁郁葱葱。

父亲向岗下面指了指问女儿："那里是什么？"

"花生地啊！"女儿不解。

"那这里呢？"父亲指着岗上自己家的地。

"豆子地啊！"女儿更加迷惑。

"这两片地哪片长得好啊？"

"自然是岗下的花生地长得好！"女儿比较了一下说。

父亲缓缓地说道："豆子不是花生，花生不是豆子，两样东西不同怎么能比出好坏来呢？"

看着女儿还是不理解，父亲又说道："你说，咱们家的豆子地能长出花生来吗？"

"自然不能。"

"那岗下的花生地能结出豆子来吗？"

"这个，也不能。"

"是啊！就像种瓜得瓜种豆得豆的道理一样，不能胡乱与人攀比，做好自己的分内事就行！"

这位老父亲是睿智的，他用生动朴实的例子告诉女儿：每个人都在生活中扮演着属于自己的角色，盲目攀比的结果只会是迷失自我，最终给自己带来不必要的烦恼。

每个人因背景不同，所以人与人之间的差距还是很明显的。有攀比心理很正常，如果通过攀比能让自己进步，也算是一件好事，但要把握一个度。

"人贵有自知之明。"也就是说，对待自我要有一个正确全面的认识，知道自己的优点和缺点，在待人处世时扬长避短，使自我的优势得到最大的发挥。

因此，我们每个人的心中都应该放一把客观公正的尺子，既不夜郎自大，也不妄自菲薄。了解自己的角色，才能做回自己。

## 2. 别让生活耗尽你的美好

不知在何处看到过这样一句话：读喜欢的书，爱喜欢的人。如此简单，如此美好。像午后窗栏下，慢慢呈现于绣布上的幽兰，两三笔，几片叶，甚是简洁，甚是美好。又或闲坐躺椅，以书盖脸，短短一个盹儿，和着一帘清梦，遨游天地。

梦醒，情景已模糊不堪，但也无妨。

我们常常觉得累，痛苦与焦虑甚至抱怨都在不经意间占据了我们的心灵，让我们的负面情绪越积越多，最终难以自拔。

其中固然有世事变化无常的原因，但更重要的一个原因就是，我们走入了一个误区——放大了痛苦与焦虑。

很多时候，我们面临不幸，痛苦被放大了，抱怨越来越多，心情也越来越糟糕。

古时候，同村的两个秀才一起赶赴京城参加科举考试，两人在一个小店租了一间屋子同住。就在考试的前一天晚上，这家店被小偷洗劫了。这两个秀才也不例外，他们身上的钱财以及包袱里的衣服都被偷走，他们可谓一无所有了。

在这种打击面前，两个秀才却有不同的心态。

甲秀才想："这也许是上天对我的一次重大考验吧。'天将降大任于斯人也，必先苦其心志'，或许这次我就能考上。"

想到这里，他把钱财、衣服被盗的事情都抛到了脑后，然后安心地睡了一觉。第二天他精神抖擞地走进考场，结果金榜题名。

乙秀才则是想："这下子全完了，要是这次没有考上，又没有了盘缠，怎么回家呢？怎么面对父老乡亲呢？"

他还不断地抱怨小偷，整晚都在想这些事情，第二天心事重重地走进考场，结果名落孙山。

甲秀才之所以能金榜题名，一个重要的原因就是他乐观的心态。相反，乙秀才放大了痛苦，自然没能榜上有名。

在上班路上，遇到了堵车可能会迟到，这是一件很普通的事情。

可是，有的人偏偏进行了无限联想：迟到了不仅会被批评，而且还会扣奖金，影响到年终考核，甚至影响晋升……根据这个逻辑，可以想象这样的人该有多么痛苦，活得有多么辛苦。

选择了放大痛苦，那么痛苦就会占据你的视野，你的坏情绪也就会随之放大。

孩子感冒了，焦急的母亲一边守着孩子，一边焦急地想着：孩子的学习肯定会被耽误，肯定会影响期末成绩，肯定会影响升学，肯定会影响就业……在她看来，一场病就会耽误孩子的一生。

这种"破坏性"的联想实在要不得。

卢梭说过："除了身体的痛苦和良心的责备以外，一切痛苦都是想象出来的。"有时候，那些让人伤心、痛苦、焦虑的事情并非有多么严重，只不过有些人爱瞎琢磨，会"想象"出很多痛苦。

有一天，一位老妇人不小心将一个鸡蛋打破了。

本来一个鸡蛋破了也不是什么大事，可是，这个老妇人却觉得自己受到了不可估量的损失。

她想到：如果这个鸡蛋没有破碎，那么可以孵化出一只小鸡。如果孵化出来的是母鸡，那么它长大后又会产下很多蛋。那些蛋又可以孵化出很多小鸡。鸡生蛋，蛋生鸡，这样下去的话，那我岂不是失去了一个养鸡场？最后，老妇人痛苦万分。

这听起来似乎太夸张了，但生活中这样的人偏偏还不少。他们把原本的小痛苦无限放大，结果自己沉溺其中，不能自拔。

心理学家曾做过一个有趣的实验，目的是研究人们常常忧虑的问题。心理学家要求实验者在周末晚上将未来一周内所有的忧虑和烦恼都写下来，然后投入一个指定的"烦恼箱"里。三个星期之后，心理学家打开了这个"烦恼箱"，经过核实发现，很多人的烦恼并没有出现在生活中。由此看出，烦恼真是人们自己寻来的。

放大痛苦的人爱抱怨，因为他们没有正视现实的压力。

苦恼的产生，常常由于生活中有一些我们不愿面对的现实压力、心理冲突，如婚姻中的矛盾、工作中的压力、人际交往的冲突等。人们由于一时束手无策，所以滋生了抱怨心理。

我们要做的是学会正视它们，并及时解决它们。

放大快乐，就是珍惜眼前的每一个小小的快乐。

清晨起床，拉开窗帘，看到的是好天气；上下班的时候没有堵车；工作的时候被领导赞扬了一句；奖金涨了几百块……这些都是值得我们快乐的理由，我们能从中获得持久的回味。

一个人的快乐程度，并不是由他拥有多少财富决定的，而是取决于他看待生活的方式。一个悲观的人，即使腰缠万贯也会每日忐忑不安；而一个乐观的人，即使收入有限也能享受生活的乐趣。

缩小痛苦，放大快乐，其实这就是我们要选择的生活态度。即便人生有些许遗憾，但它仍会是美丽和精彩的。

## 3. 别怕，转身也有一片天空

拿破仑说过："不想当将军的士兵不是好士兵。"与之相类似，中国也有句俗语："宁做鸡头，不做凤尾。"不管我们是否认同它，几千年来，大多数人至少都是这样被指导生活的。

中国人历来讲究"成王败寇"，鲜花和掌声历来只属于第一，第二则相当于失败，和第三、第四没什么区别。如果一定说有什么区别的话，那就是你有可能成为人们心目中将来的第一。人们对你的尊重，是基于对你的未来、你的潜力的尊重。

中国人很会劝人。对于失败者，他们会说：没事儿，转身也有一片天空，三百六十行，行行出状元。但劝来劝去又回到了起点：不管你干什么，你都得当状元！过去当不了状元没关系，但你迟早得当状元，不然，你干脆去撞墙好了。

因为当状元绝不是你一个人的事儿，你身边还有一大堆恨铁不成钢的人；所以对于大多数中国人，尤其是被周围的人视为希望的中国人来说，只要一息尚存，就会毫不犹豫地往上爬，向第一冲刺、冲刺、再冲刺。

或许他们本人并不想做第一，但这是他们无奈的选择。

做第一没有什么不好，当将军也没什么不好，但第一和将军的位置就那么一个，绝大多数士兵注定只能是一个士兵，难道能说那些士兵都不好吗？谁都知道这个道理，但如果能够选择，还是很少有人愿意选择后者。

庄子说过："以道观之，物无贵贱。"就是说用自然的常理来看，万物根本没有贵贱的区别。人们常说，人往高处走，水往低处流，事实上"地位"这种东西是人类最无耻的发明之一。

同样是人，何必一定要分个等级和高下呢？

时下有一句流行语：有什么样的定位，就有什么样的人生。大意是说，想成为成功人士，首先需要为自己选择一个明确、具体的目标，比如你想拥有多少金钱，拥有什么样的社会地位，取得什么样的成就，等等。

毫无疑问，一个有了自己人生定位并能为之付出不懈努力的人，相对来说肯定比那些飘忽不定、内心迷惘的人更容易接近成功。

可是反过来说，定位绝不等同于成功。因为有些事情跟定位无关，甚至与努力无关。比如一个天生五音不全的人，却非要做歌唱家，他的定位固然好，但观众们受不了，最终他还是不能成功。

换言之，你的定位应该符合自身实际。

一个师范大学的毕业生，在校期间各门功课都很优异，毕业后却在大城市找不到适合自己的工作，最终去了一个小城市。

刚开始，他并没有放弃，而是再接再厉，一边教书，一边准备研究生考试，希望为自己开创一条出路。

由于多方面的原因，他的努力并没有换来期待中的成绩。

为了自己的前途，他再次鼓起勇气，凭借着强大的意志再捧起书本，然而第二次考研仍然没有成功。这一次，他停止了努力，每日与酒为伍，几近崩溃，也影响了正常的授课，结果被校方开除。

这下，他彻底崩溃，最后选择了颓废的生活。

上文中的主人公，就是中了定位过高的毒。如果他能够稍微调低一下自己的目标，悲剧就不会发生。

生活中，经常可以听到有人说"知足常乐，比上不足比下有余就行了"。他本人或许可以如此说，如果他的孩子也这样说的话，他就会立即暴跳如雷，斥其不争气，乃至棍棒加身。

也许是因为怕挨打吧，从小到大，几乎每个人都会在家长们的"教育"下纷纷树立远大的理想，比如"我要做大老板""我要做医生""我要当科学家"，等等，如果有人像《长江七号》中的小朋友说我要当个农民工之类，当即就会被人笑话，认为没出息。

可怜天下父母心。为了让孩子有出息，一些父母将孩子的弦越拧越紧，到了崩溃的边缘也不松手，甚至不惜放弃自己的未来，把全部的赌注押在孩子身上，望子成龙，望女成凤。只要孩子好好学习，考个好成绩，再大的牺牲也不皱眉头，再多的投资也在所不惜，再多的付出也觉得欣慰。可一旦孩子成不了龙，成不了凤，他们就会觉得天塌了，进而数落孩子、打骂孩子，甚至把孩子逼得离家出走。

其实这关孩子什么事？当今世界谁最累？是我们的孩子。早上要早起，晚上十点多还在做作业，周末也没得休息，练这学那。

但重要的是，我们不能把孩子从小就引上自我定位的误区，不能动不动就给孩子灌输做事要做大事、赚钱要赚大钱、做人要当大人物的谬论，不要让孩子支撑你的虚荣。

没有人不想成功，为成功而奋斗也是每个人的权利，并且值得肯定，但千万不要把成功当成必然。也许你会说只要肯努力就一定会成功，丑小鸭还能变成天鹅呢！答案是否定的。因为丑小鸭能变成天鹅，那是因为它体内原本就有天鹅的基因。

再者说，做天鹅、做第一就那么好吗？绝不是。俗话说：癞蛤蟆想吃天鹅肉。天鹅之所以越来越少，就在于想吃天鹅肉的绝不止癞蛤蟆。一只飞到哪儿都得担心被吃的天鹅，想来也快乐不到哪儿。

正如歌曲《大笑江湖》中所唱的那样："江河湖泊浪滔滔，看我浪迹多逍遥，谁最难受谁知道，天下第二也挺好。"就让我们做自己好了。

## 4. 不是拥有的太少，而是向往的太多

曾站在长江岸边，试图抓住身前流过的江水、身边飘过的一缕清风，将它们放入我的行囊中，这一次，我不想再空手而归。我要

依靠它们，记住我来过这里，在这里和山水发生的故事。

古往今来，多少文人墨客喜欢在江边为自己卜卦，为自己的爱情卜卦，每一个人都希望卦象告诉自己，此情犹如滔滔江水。

每一个人都希望与一相爱之人共饮这长江水，而不希望一个在长江头、一个在长江尾。却不知，这长江之水波涛汹涌，这里不会浮现你天长地久的爱情，只会淹没你甚为美好的幻想。

当看清现实，再想回头，却发现，归路都已消失。

我们每个人都有着各种妄想，各种欲望，古代圣贤早就说过"一念贪私，万劫不复"。有些人因为自己能力有限，但又过于贪婪，最终把自己推入了万劫不复的深渊。

"眼高手低"是人们的通病，人们总是对自己眼下所拥有的感到不满足，总是对一些没有可能的事情抱有幻想和期望，结果到头来让自己一无所有。

从前，有一个人生活拮据，家徒四壁，只有一张长凳，他每天晚上就在长凳上睡觉。这人还很吝啬，他也清楚自己的这个缺点，可他就是改不了。

某日，他向神明祷告："我发誓，我发财后绝对不会像现在这样吝啬。"

神明起了怜悯之心，就赐给他一个神袋，说："这个袋子里有取之不完的金币，你取一个，袋子里就会再出现一个。但是这些钱必须得在扔掉这个袋子之后才能用，否则你将大难临头。"

那个穷人得到神明的馈赠后欣喜若狂，整整一晚上他都在拿金币。看着越堆越多的金币，他想这辈子都花不完。

此时，他完全可以将神袋扔掉，因为那些钱足够他用一辈子，但他还是不舍得扔掉这个宝贝。于是他废寝忘食地拿着金币，屋子里的金币早已堆积如山了，他心里还在想着："等金币再多一些的时候，我再扔！"

到了最后，几天不沾米水的他饿死在堆积如山的金币面前，而这些金币他一个也没有用到。

欲望永远是没有止境的，因为很少有人会满足于现在所拥有的，他们看到的永远都是那些自己所没有的。

当人们在满足自己欲望的时候，同时也会迷失自我，并会产生一种财富和地位代表着一切的错误价值观。

人，陷入贪欲的陷阱里，就会看不见隐患，看不见潜在的危机，看不见自己要付出的代价。

在这方面，清朝时期的鳌拜也同样看不到身边的潜在危机和隐患，结果索取越多失去越多。

鳌拜是顺治皇帝在位时十分器重的功臣。康熙初年，鳌拜是三朝元老，且掌握辅政大权。

可是，随着鳌拜地位的变化，他的贪心也在不断膨胀。

顺治十八年(1661)正月，顺治病逝，鳌拜的政治命运进入了一个转折期，他想得到更大的权力，更多的利益。他再也不像从前忠心扶持顺治那样对待年幼的康熙了，一心想取而代之。

在朝堂之上，鳌拜不但当着皇帝的面呵斥大臣，甚至还常常当面顶撞小皇帝。最可气的是，朝贺新年时，鳌拜居然和康熙一比高低——他身穿黄袍，仅其帽结与康熙不同。

结果，年少的康熙忍无可忍，羽翼丰满后首先拿鳌拜开刀。鳌拜最终因擅权而被革职抄家、身死禁所。他的家族也受到牵连。

人一旦贪欲过度就很可怕，贪欲是消灭财富、消灭地位、消灭才华、消灭成功的罪魁祸首。不论你曾经功劳多大，地位多高，不论你贪恋的是功名还是钱财等,一旦总想着索取反而会失去更多。

社会在发展进步,物质在日渐丰富,我们的欲求也在随之空前激增。在这个高度竞争的时代,我们每天都面对着生存和发展的压力,常常心力交瘁而疲惫不堪。可我们是否想过,我们到底在追求什么?什么才是我们最想要的?

任何时候,是否快乐,关键看我们对待世界是一颗怎样的心。

有些时候,快乐不是因为我们拥有的多,而是因为我们计较的少。我们快乐,我们就是真正的富翁。

托尔斯泰曾说过:"欲望越小,人生就越幸福。"

人生最大的苦恼,不在于自己拥有的太少,而在于自己向往的太多,自己的欲望得不到满足。向往本身不是坏事,有向往才会有向前的动力,但向往的太多,而自己的能力又不能达到,就会构成长久的失望与不满,从而让自己失去快乐。

人的欲望是无法满足的,而机会却稍纵即逝。

贪欲不仅让人难以得到更多,甚至连原本得到的也将失去,多少人深陷股市牢牢被套,多少人沉迷于彩票弄得倾家荡产。

喜欢下棋的人都知道一句古话:下棋莫贪。其实人生也是如此。

贫穷的人只要一点东西,只要拥有生活必需品,就可以得到满足;贪婪的人即使拥有整个世界也不会满足,他们永远得陇望蜀,天天生活在不满足的痛苦中。要知道,即使我们拥有再多,也只能一天住一间房,睡一张床,吃三餐饭。

有这样一句歇后语:得了雨衣还要伞——贪心不足。要么要件雨衣,要么要把伞,二者只选一个,若两者都要,那就是贪婪。

贪婪的人总是"得一望十,得十望百",欲望的沟壑永远也填不满,怎么能够快乐起来?

"要足何时足，知足便足"。只有抛却贪念的人，才不会因为贪婪而失去享受已经拥有的东西，才会与快乐为伴。

## 5. 别不高兴，比你不幸的人世上有很多

对于二十四节气，我并没有多少了解，但唯一不会忘记的，就是立秋。并非我对秋天有多少迷恋，只是一种习惯，习惯闻它的味道，喜欢感受它带给我的气息，一种优美的凉，一种落寞的美。

岁月流逝，人生万千，我早已对四季更替有了更深的认知。

我懂得欣赏每个季节带给我的美，如春风的清凉、夏雨的畅快、冬雪的凄美。只是唯独到了秋季，内心会产生一种莫名的伤感，秋叶的凋零，与夕阳的落寞共为一色，也与我的伤感融为一体。

每当此时，总感觉自己是寂寞的，孤苦伶仃一人在外漂泊；总感觉自己是孤单的，身在茫茫人海中，却难寻一知己；总感觉自己是不幸的，到了而立之年，既未成家也无立业。

但静静细想，世界上比我不幸的人还有很多，所以我不是最不幸的。没有任何理由让我天天背负着自己的不幸而生活，要知道：丢弃沉重的包袱，用更好的心态去迎接每一天才是最重要的。

马克是个拥有百万资产的富翁，但这是几个月以前，因为现在他破产了，变得一无所有。

心灰意冷的马克漫无目的地游荡在街头，想着昨天自己还是这个城市数一数二的富翁，拥有着敞亮的办公室、众多的员工和漂亮的别墅，而现在自己和一个乞丐没有两样。

此时,他抬头看到了一家高档的酒店,那里是他经常去的地方,现在他心里难过异常。

"天哪!为什么要这么对待我?"马克声嘶力竭地抱怨道,"我的生活从此变成了地狱,我变成了乞丐,没有人再理会我了!"

这个时候,马克看到了一个没有双腿的人,他在用两条手臂支撑着"走路"。他走得很缓慢,也很吃力,但是他还是一步一步地从马克身边"走过"。

那一刻,马克感到一种震撼。

"他失去了双腿,还在用双手来支撑着他的人生。而我,不过是失去了一些金钱而已……"马克喃喃自语。

他忽然发现,自己远远不是最不幸的人。和某些人相比,自己竟然是非常幸运的,非常值得羡慕的!有什么理由不珍惜自己所拥有的呢?

于是,他重新振作了起来……

许多人遭遇不幸时,就以为自己是最不幸的。

在你喋喋不休抱怨自己的命运不佳,没有出生在一个好家庭时;在你感叹自己命不如人,没有升官发财时;在你看到别人的好车好房而艳羡不已时;在你感叹时运不济,自己失去了很多东西时——请仔细看吧,在你的身边还有很多不如你的人,他们的境况比你还要糟糕,虽然你不是最好的,但肯定也不是最差的。

请看这样一篇文章:

朋友,当你睁开眼睛去迎接新的一天时,你应该感到庆幸,因为你还能够自由呼吸,要知道,每星期离开人世的人不下百万,你是多么有福。

全世界大约有5亿人都经历过战争的痛苦、被囚禁的孤独,饱受着饥饿的折磨和忍受着被虐待的痛苦,若这些你都没有经历过,那么你就比这5亿人有福。

若你今天走进了教堂或者寺庙,或者参与了任何一个宗教活动,你许下了自己的心愿而收获了快乐,你没有被拘捕,受刑罚甚至死亡,那么你比30亿人都幸运了。

全世界大约有几亿人没有食物吃,没有足够的衣服穿,没有栖身之所。倘若这些你都拥有,那么你已经比这些人幸福了。

看到这里,你是否感到心痛?同时也明白了自己是多么幸运!

是的,若是你的银行还有存款,钱包里面还有金钱的话,那么恭喜,你是世界上富有的8%的幸运儿里的一员。

倘若你的父母亲都在世,和和睦睦、健健康康的,那么你属于异常幸运的稀少一族。

若是你还能够每天充满感恩,时时把微笑挂在脸上,那么你真是有福了。因为人人都可以这样做,但是绝大多数没有。

若你在一个人受伤或者失意时,轻握他的手或者微笑着拥抱他,哪怕只是简单地拍拍他的肩膀,祝贺你,你所做的已经等同于上帝的治疗了。

若你读到了这段文字,那么没有人比你更有福气了。

看到这里,是否你已经发现,你就是幸运一族的一员?

有一首《行路歌》这样写道:"别人骑马我骑驴,仔细思量总不如,回头再一看,还有挑脚夫。"语言虽俚浅,却足以醒世。

人生有许多东西是无法选择的,比如出身,比如与生俱来的疾病,等等,但我们可以选择以怎样的方式和心态生活。

要时刻告诉自己:我们是幸运的,还有更多不幸的人或事。

就像一位哲人所说:"年轻人,记住我一句话吧:这个世界上,除了死亡,没有什么是大事。只要你活着就是幸运的,好好地过好每一天吧。"

## 6. 你变了,世界就会改变

　　人的一生或多或少都会经历一些坎坷和不幸,无论在什么阶段都躲不过。痛苦和快乐如同跳跃的音符一般,互相交织才能谱写出人生的乐章,单一的痛苦和快乐都不足以构成完整的人生。
　　或许生活中的经济困难、家庭矛盾、亲友反目、邻里结怨、生老病死等都会让你感到痛苦不堪,但是这些痛苦也如同你生活中的调味剂,让你能够尝到人生中的酸甜苦辣,更能够珍惜快乐。
　　幸福和痛苦是相互排斥的,满心痛苦的人没有位置容纳幸福。心宽者的明智之举就在于懂得忘记,只有忘记痛苦,才能给幸福腾出更多的空间,容纳更多的幸福。
　　忘记发生的既定事实带给我们的伤害,也只有这样才会让我们的心灵重新回归宁静。"忘记是自由的一种形式",这句话就是最真实的写照。
　　英国作家迪斯雷利曾说:"为小事而生气的人,生命是短促的。"法国作家莫鲁瓦进一步解释道:"这句话可以帮助我们忘却许多不愉快的经历。我们常常为一些不令人注意,因而也是应当迅速忘掉的微不足道的小事所干扰而失去理智。我们生活在这个世界上只有几十个年头,我们却为纠缠无聊琐事而白白地浪费了许多宝贵的时光。"

的确，生命如此短暂，生活中还有那么多值得我们去欣赏和感受的美好，何必让自己为那些明天注定要被遗忘的事情而始终不能释怀呢！

曾经，有一个小肚鸡肠的男子常为了小事而生气，自己心情不好，也不让身边的人好过。他想改过自新，但又无法控制，便去求一位大师为自己开解。

听他说完后，大师就把他带进了一间漆黑的柴房里，并且悄悄在门外上了锁。男子开始破口辱骂大师，但是，不管他怎样恶言相向，大师连理都不理他。

见到收效甚微后，男子便换了伎俩，他苦苦哀求大师放他出来，大师好像什么都没听见一样。后来，男子终于不说话了。

这时，大师走到门外问他："是否还气？"

"只恨我生性愚钝，跑到这里受这个罪。"男子答道。

大师叹道："都不能做到原谅自己的人，还谈什么心如止水呢，简直是荒谬！"言毕，随即拂袖而去。

半个时辰过后，大师又来问男子："现在是否还气？"

男子说："不生气了。"

大师问："这是为什么？"

男子答道："生气也没用。"

大师说："你心中仍有怨气。"然后又离开了。

一个时辰后，大师再次来到门前，男子说："我不气了，因为太不值了。"

大师笑道："心中尚有气根，还知道去衡量值不值得。"

"究竟如何去做，才能不气呢？"男子不解地问道。

打开房门后，大师便将手中的茶水洒在地上。男子顿悟，当即拜谢而去。

烦恼就像大师手中的那杯茶水一样，转瞬间就和泥土化为一体，何必为了它而痛苦纠缠呢？

漫漫人生路，不如意的事情有很多。生活中，我们每个人都会遇到这样或那样不如意的事情，如果一味与这些事情纠缠下去，会让自己离本心越来越远，还会给自己涂上悲剧的色彩。

我们任何一个来到世界上的生命都是脆弱的，因此，在历经无数的苦难之后，可能会让我们身心俱疲、万念俱灰。但和漫长的生命相比较，过去总是轻微的。所以，经历过大苦大难后，最重要的是让未来充满快乐，沉浸在过去的痛苦中是不会让未来充满快乐的。

智者曾经说过："即使你的前世是冤屈的鬼魂，但是在经历过痛苦之后，唯一值得守候的便是复活节的到来。"要记得：只有忘记苦难，美好才会到来。

"黄河之水天上来，奔流到海不复还"，过去的已经成为历史，最重要的是珍惜眼前。毕竟时光不能重新开始，不可能从头再来。也许我们暂时失去幸福，但是暂时的失去是为了将来获得更多的幸福。

莎士比亚说过："聪明人永远不会坐在那里为他们的损失而哀叹，却用情感去寻找办法来弥补他们的损失。"

痛苦总与幸福唱反调，如果内心充满痛苦，就没有了接受幸福的空间。学会忘记，是心宽者明智的选择；学会忘记，才有更多的空间容纳幸福。

## 第四辑

## 经得住风雨，这个世界就是你的

### 1. 给每个离开者一个温暖的拥抱

最近偶然读到了王安石的《千秋岁引》：

别馆寒砧，孤城画角，一派秋声入寥廓。

东归燕从海上去，南来雁向沙头落。

楚台风，庾楼月，宛如昨。

无奈被些名利缚，无奈被他情耽搁，可惜风流总闲却。

当初谩留华表语，而今误我秦楼约。

梦阑时，酒醒后，思量着。

一个来自天涯之客，在寒冷的秋夜投身驿站。冷风陪伴下，唯有衣声瑟瑟。燕子也已东去,大雁也已南飞,只有他,还是异乡别客。

这首词的创作年代不详,但从词中可以看出是在王安石变法失败后。王安石在他乡当着异客,走着艰难的路途。每当看完这首词,我真的很想对王安石说句话:累了,就歇歇吧!

其实,人生路难行,所以才有"苦旅"一说,当然也有人把它称作"乐途"的。不过苦也好,乐也罢,走得远了,肯定会疲倦。

倦了累了,就要歇一下,这是连小孩子都懂的道理。

管理学上有这么一课:

一位讲师手持一杯水,问众学员:"这杯水有多重?"

学员们纷纷回答:20克、50克、80克、100克……

讲师摇摇头说:"实际上,这杯水现在多重并不重要,重要的是我端了多长时间。端一分钟,没问题。十分钟,也没问题,但一个小时,手臂就会疼痛。一天呢?估计在座的就得给我叫救护车了。

"大家知道,无论我端多长时间,这杯水的重量都是一样的,但端得越久,它就显得越沉重。这就好比生活中的压力,如果我们总是扛着沉重的负担,压力就会与日俱增,总有一天会让人崩溃。所以,今晚大家听完这堂课以后,就像我放下这杯水一样,暂时放下所有的负担,不要像往常一样,把它们带回家,要好好睡一觉,休息好了才能走得更远。"

我们并不否认坚持,更不否认成功,但人世间的万事万物,得到它都有其代价。人在坚持、成功之前,首先应该弄明白,自己的终极追求是什么。如果坚持和成功不能提升自己的生活品质,反而令人不堪重负,直至陷入"上半生用命赚钱,下半生用钱保命"的怪圈,相信这不是人们坚持的初衷。

不管你成功与否,人生的路都得走下去。你可以像要求百米运动员一样要求自己，也可以不快不慢地悠然前行。你可以披星戴月，起得比鸡早，睡得比狗晚；也可以像日月运行一样，按照正常人应有的生活规律生活：天亮了就起，天黑了就睡，累了就休息，不累了就继续上路。不虚度光阴，也不与时间赛跑，而是与光阴同行，与时间同乐。

《四十二章经》中有这样一个典故：

佛祖有一个名叫四十亿耳的弟子，他原本是个富豪之子，从小生活优裕，生下来就没有踩过地皮，因为他走到哪里，哪里就事先铺好了地毯。

后来他皈依了佛教，非常刻苦。当时有一门功课叫"经行"，简单来说就是光着脚在室外行走。四十亿耳由于没有踩过地，因此走了没多久就把脚磨破了，以至于路上都是鲜血。

佛祖知道后就对他说："你可以例外，穿着鞋走。"

四十亿耳却坚持和大家一样苦修，只是这样坚持了很久，他也没觉得自己有什么进步，以至打起了退堂鼓，想还俗回家。

这时，佛祖心知他产生了悔意，于是问他："你出家前最喜欢什么？"

四十亿耳回答："弹琴。"

佛祖又问："琴弦如果松了，弹起来会怎样？"

"要么发不出声音，要么声音不纯正。"

"琴弦太紧了又怎样？"

"弄不好就会弦断声绝。"

"如果弦不松不紧正合适怎样？"

"那就可以奏出美妙的音乐了。"四十亿耳顿时开悟。此后，他把握"不松不紧"的修行原则精进用功，很快便上道了。

不松不紧，看似很容易懂，做起来实在有些难度。

有些人明明不应该松，不应该闲，但他不但闲得发慌，还影响社会和谐。有些人明明应该松松了，却犹如上了发条的时钟，终日在惯性的推动下，坚持，坚持，直到坚持不住的那一天。

让我们看看下面这份触目惊心的名单：

2002年7月31日，56岁的青岛啤酒老总彭作义，游泳时突发心肌梗塞去世；

2004年3月4日，52岁的大中电器总经理胡凯，因心脏病突发逝世；

2004年4月8日，爱立信（中国）有限公司总裁杨迈，在疲劳状态下进行健身，导致心搏骤停，突然辞世，时年54岁；

2004年11月7日，均瑶集团董事长王均瑶，因劳累过度，患肠癌医治无效，英年早逝，年仅38岁；

2006年1月21日，上海中发电气（集团）有限公司董事长南民，因患急性脑血栓，抢救无效撒手人寰，年仅37岁……

不可否认，每个成功者都为成功付出了相应的努力。

正是那种"拼命三郎"式的精神和工作方式，让他们在芸芸众生中脱颖而出，在人生路上一马当先。然而，"拼命三郎"无疑要面临着身体状况每况愈下，甚至崩溃、垮掉的境地。

人们总爱用"日理万机""夜以继日"来形容那些位高权重或事业有成者的生活状态。的确，不论领导还是富翁，都往往比普通人更辛苦。然而即便是机器，也须定期维修，可见劳逸结合对人的重要性。

该拼一把的时候，必须拼一把；该休息的时候，也必须休息。

休息与成功不矛盾。"不务正业"的王石总在爬山、滑雪、旅游，但这妨碍了万科的发展吗？张朝阳经常一连几个星期躺在游艇上晒太阳、钓鱼，但却成了网络五大剑客中硕果仅存的一个；史玉柱喜欢玩游戏，非但没有玩物丧志，还玩出来个《征途》……

总之，绷得太紧，脚步匆匆，只能使人精疲力竭。适当休息才能放松自己，释放压力，精力充沛地走好接下来的路。

## 2.淡定才是一种生活态度

我一直有个愿望：在红尘某处，寻一方净土，不求名利，淡泊度日，惬意地生活。沏一壶茶，从清晨饮到日落；读一本书，从花开读到花落；听一首歌，从青春听到暮年；坐在门前，从春去待到秋来。

从古至今，上至天子下到百姓，都有着各自想要的生活。

人与人想要的不同，就会产生摩擦，随之有了争执。但每当产生争执时，我总会想起德国古典哲学家康德的一句话："生气，是用别人的错误来惩罚自己。"

人非圣贤孰能无过。谁都有犯错的时候，不如意的事情也时有发生，面对这些，是用怒火点燃战争，还是用冷静解决问题，将产生两种截然相反的效果。

下面这个故事，就是讲两种不同心态的人是如何面对问题的：

一天，一个婆罗门闯进佛陀的住处，因为同族的人都到佛陀这儿来出家了，这让他非常生气。

婆罗门无理地对着佛陀大骂，而佛陀只是在一旁默默地听着。

等婆罗门稍微冷静，佛陀开口说道："婆罗门，你家时常有客人来访，你会款待他吗？"

"当然，你这是什么意思？"婆罗门不解。

"那假如客人不接受你的款待，美味佳肴该如何处理呢？"

"客人不吃，当然是我自己吃了！"

佛陀笑了笑，又说道："婆罗门，今天你说了我这么多坏话，如果我不接受它，那这些谩骂全都归你自己了。可是，如果我对你恶言相向，岂不是与你主客共餐？所以我不接受你的佳肴。"

婆罗门听了，自觉惭愧，于是皈依佛陀门下，成了阿罗汉。

与人生气就像请客吃饭，如果你的款待不被接受，那么饭菜就留给了自己，没有谁会来分担，只能自己消化。

有时候别人只是不小心触及了你的利益，你却怒火冲天，好像别人犯了天大的罪过。通情达理的人，也许愿意理智地解释。若同样是肝火旺盛的人，想必一场口舌之战在所难免，矛盾愈演愈烈，对解决问题没有丝毫帮助。

在面对误会时，应该先从自己身上找原因。首先考虑是不是自己的过失，即使不是，也不要冲动、动怒，找个适当的机会心平气和地与对方解决。

做个豁达、大度的人，生活自然会变得更加轻松、美好。

如今，人们总爱感叹活得太累，每天似乎都生活在疲惫之中。然而，曾有一位老人笑着对大家说："做个好人很容易，拥有幸福也很简单：一是不要拿自己的错误惩罚自己，二是不要拿自己的错误惩罚别人，三是不要拿别人的错误惩罚自己。有了这三条，人生就不会太累了。"

道出这"人生幸福三诀"的老人名叫张允和。

她的丈夫是著名语言学家周有光，妹夫是大文豪沈从文。她在年轻的时候也曾颠沛流离，死里逃生，而正是人生的苦难与艰辛让她有了这一份豁达与从容。

每个人都或多或少地曾拿别人的错误惩罚过自己，或拿自己的错误惩罚别人，更有甚者会用自己的错误惩罚自己。

可生气是解决不了问题的，开动脑筋才是解决问题最好的方法；受到欺骗也不要生气，应该用理智去战胜鲁莽，用智慧让骗人者得到惩罚；被误解也不要生气，如果解释不起作用，就交给时间和事实去证明；与人争辩事理，也不要生气，生气就证明你已理亏词穷，你的弱点就会被人轻易洞察。

得意时淡然，失意时坦然！世界纷繁多变，你或许没有力量改变当前的环境，也没有力量去改变他人，但是你可以改变自己。又或许你无法改变自己的性格，但至少你可以改变自己的态度。

用一颗平和的心对待他人，也是善待自己。

## 3.时光自会给你惊喜

培训师常对学员们说："人的成功有两个重要的因素，一个是好的习惯，一个就是不断坚持的毅力。"

每个人都活得不易，但仍渴望成功，可往往只有极少数人站到了成功者的队伍中，多数人还是身居平庸者的行列。究其根本，是前者做到了不断坚持，而后者多是在困难面前轻易退缩，半途而废。

如此说来，成功必不可少的要素就是坚持。不断坚持，终会看到希望，迎接曙光。路再长，都要一步一步踏实地去走；路再短，不坚持走完，也到不了终点。

古往今来的很多成功者都是凭借这种坚持，终取得成功的。

王献之是东晋书法家王羲之的第七个儿子，天资聪颖好学，七八岁的时候就跟随着父亲学习书法。

一次，王羲之看到王献之正聚精会神地练习书法，就悄悄走到他的身后，猛地去抽王献之手中的毛笔，但王献之握笔很牢，并没有被父亲抽掉。王羲之对此很高兴，他连连称赞道："好好练习，以后必成大器。"

王羲之曾经对王献之说："只有将院子里那18口缸中的水写完，才能够让字显得有筋有骨、有血有肉、直立稳健。"

最初王献之对父亲的要求不以为然，但他还是继续勤奋练习，坚持写完了三口大缸中的水，自认为已经在书法方面小有成就了，于是他将自己认为满意的字拿给父亲看。

谁知道王羲之只是摇摇头，不做任何的肯定，直到最后看到一个"大"字的时候，王羲之才露出了较为满意的神情，然后在这个字的下面点了一个点。王献之又将自己的字拿给母亲看，母亲认真看完所有的字，然后对他说："吾儿磨尽三缸水，唯有一点似羲之。"

这个时候王献之才知道自己和父亲之间的差距，于是他更加认真地练习书法，最终写完了18口大缸中的水，他的书法也自此有所成就。

王献之凭借着坚持不懈的精神，终得到与父齐名的美誉。

陶渊明曾经说过："勤学似春起之苗，不见其增，日有所长；辍学如磨刀之石，不见其损，日有所亏。"正是此理。

冰冻三尺，非一日之寒，正是因为他们日积月累不断学习，才最终有了一番作为。古人云："圣贤之学，固非一日之具，日不足，继之以夜，积之岁月，自然可成。"

世界上的很多事情都犹如在逆水中行舟——不进则退。

凡是有所成就的人，都是因为他们能够坚持不懈，不放弃自己的理想。如果因有一点小成就沾沾自喜，自觉高一等，迟早会因为自满而栽跟头。

坚持走自己选择的路，不半途而废，这是一种难得的人生境界。

一百多年以前，一艘英国商船因为触礁而沉没于马六甲海域。船上装满了名贵的丝绸、瓷器及珍宝。

前些年，一个名叫鲍尔的人偶然得知这个信息，决心打捞这艘沉船。这是十分艰难的任务，很多人认为鲍尔会中途放弃。

但是，鲍尔却出人意料地坚持在深海摸索，经历了漫长的 8 年，总共探索了近 70 平方公里的海域，而结果是：他找到了这艘沉船。

找到沉船只是迈向胜利的第一步，接下来的工作更加艰难。

因为打捞工作耗资巨大，鲍尔最初的两位合伙人都相继离去，并劝说鲍尔放弃这"疯狂"的念头。

然而鲍尔坚持打捞，终于迎来了成功的这一天。

事后，鲍尔在接受记者采访时说，自己曾经也有过放弃的念头，每一次精疲力竭地从海底潜回时，他都想永远不再下去了。但是这种念头转瞬即逝，他又为自己注入新的动力，使自己坚持了下来。

鲍尔令人敬佩，他的勇气和坚持，使他历尽千难万险，实现了自己的目标。

我们从小就听龟兔赛跑的故事，乌龟因为坚持，即使没有先天的优势做保障，依然能够凭借坚持赢得比赛。

在艰巨的任务面前，有些"聪明人"善于走捷径，一旦发现行不通就即刻更换，结果换来换去，几十年都没能走完一条路。忙碌了一生，到头来还是在路上。

著名作曲家贝多芬坚信耳聋也能听到美妙的音乐，为此他坚持创作，终成一代音乐大师。看得出，选定了自己的路，然后坚定地走下去，再困难也能成功。

因此，只要我们不自弃，看准方向，坚持走下去，那么终有一天我们会发现，不经意间，成功已经向我们款款走来。

## 4. 灵魂有香气的女人最优雅

我喜欢花，便常去花园欣赏它们，每次看到花儿绽放出千姿百态，心中总有一分欢喜。芍药热情奔放，牡丹雍容华贵，兰花清雅脱俗，菊花幽香淡雅……每朵花都有着它们各自的生命，它们把自己的热情呈现在世人面前，告诉世界它们很美丽。

每次赏花，我总会想到国学大师翟鸿燊的一句话："一个人自己如果没有独立的思考方式，就难免总会陷入别人的游戏规则中去。"

是啊，花都可以各自呈现它们的美丽，傲视天地，我们人为何要去复制别人的生活？一个人若想独行于世间，就该树立自己的行事原则，否则只会被别人的思想和眼光左右，只会为了实现别人的目标而将自己搞得身心疲惫。

某个周末，从教堂做完礼拜回来的艾尔弗雷德一家走在回家的路上，一阵动人的笑声让一家人停住了脚步。那笑声实在是太悦耳了，艾尔弗雷德六岁的女儿情不自禁地转过头去看，同时心里嘀咕："这是谁呀，这么快乐？"

原来是七八个和自己年纪相仿的孩子正在街角玩耍，他们追逐嬉戏，时不时就会发出笑声。从未玩过游戏的女孩被那热烈的氛围吸引了，她多么希望自己能像这群孩子一样嬉戏打闹啊！她一边走一边回头看着这群嬉戏的孩子，直到这群孩子的影子渐行渐远……

回到家里，她的心再也无法平静下来。

她非常想跟那些孩子一样，而不是在父亲的店里帮忙做事，回到家又帮母亲干家务。她按捺不住自己内心的疑问，问艾尔弗雷德："爸爸，为什么我不能像别的孩子那样嬉戏玩耍呢？"

面对女儿的问题，艾尔弗雷德一点儿也不感到吃惊。因为，他早就猜到了女儿早晚有一天会问他这个问题。他既没有责备女儿，也没有像其他父母那样哄自己的孩子，而是给女儿讲了一个道理。

他说："你也不小了，做事应该有自己的主见，不能因为别人在做什么，你也跟风，你需要遵从你的内心，问一问你自己是否真的喜欢做这件事。不要因为没有从众而随波逐流，要有自己的抉择。"

女儿很聪明，她明白了父亲话语中的含意，心中的不快顿时被抛在了九霄云外，内心的委屈也烟消云散了。她明白，父亲之所以这样对待她，是为了她能有个与众不同的将来。从此，这种观念在她的心中生根发芽，并成为她的人生准则。

这个小女孩，就是日后英国政坛鼎鼎大名的女首相撒切尔夫人。

别人想什么，我们控制不了；别人做什么，我们也强求不了。唯一可以做的，就是尽心尽力做好自己的事，走自己的路，按自己的原则好好生活。

如何走好脚下的路，如何过好自己的人生，都靠你自己选择和决定，不必太在乎别人的看法。任何人的看法和建议都不能从实质上改变什么。辩证地看待流言蜚语，坚定自己的立场，冷静思考，唯有这样的人生才能更加真实、快乐。

一天，我和好友玛丽一起吃饭，她说羡慕我的自由职业，自在轻松。我对她说，我才羡慕你们这些职场白领，威风八面。

玛丽跟我感叹，说职场的艰辛，可能是我一时无法理解的。

她向我讲述了她在公司的遭遇。

玛丽是一家广告公司的职员，她与同事安妮是好朋友。安妮比她早一年进公司，所以，刚一开始玛丽就受到了安妮的照顾。

每当玛丽遇到难缠的客户，安妮都会主动帮她搞定；玛丽业绩不好的时候，安妮还会帮她一起完成。在与安妮一年多的相处和合作中，她们成为无话不谈的闺中密友。

后来，玛丽凭借自己在业务上的成绩，做到了管理者的职位，但正在她欣喜之时，收到了来自好朋友安妮的意外之"礼"。

那一次，玛丽与安妮共同负责一个新产品的新闻发布会，由于玛丽提出的一个执行方案得到了客户的赞赏，于是客户要求与她单独见面。当时玛丽也能感受到安妮的尴尬，本想安慰，但转而一想，以她们之间的亲密关系，安妮应该是不会介意的。

可是第二天上班后，玛丽听到所有的同事都在小声地议论她。后来，她得知是安妮散布的谣言，说自己昨天与客户在酒店交谈彻夜不归。同事们异样的眼光让玛丽感到十分揪心。

这件事迅速成为同事们茶余饭后的谈资，玛丽心中虽然委屈，但是她有自己的原则，清者自清，别人怎么说那只是别人的看法。

随后一段时间，大家也觉得安妮所说之事经不起推敲，便不再提起此事了。几个月后，玛丽因为业绩突出，又被升了职。

不被他人的流言左右，成为自己真正的主人，玛丽最终用能力证明了自己。要知道，每个人的生活各不相同，每个人的思想也是独特的，我们理应接受自己，这样才能活出真实的自我，过得精彩和惬意。

康德说："每个人都是自己的主人。"他想要表达的就是，每个人对自己的支配都是自由的，这个自主权不受任何人、任何事物的影响。

也就是说，我们要主宰自己的生活，做自己内心的主人。若盲目使自己顺从别人的意念，或者非要别人顺从自己的意念，那么这个自主权的力量便被大大削弱了。若你本身已遗忘了所拥有的这个自主权，那么快乐的生活是非得要在别人的赞美之下才能拥有了。

所以，要做自己的主人，就要坚定自己的信念。

## 5. 我不想我的生活变成将就

人间是个时而繁华时而萧索的舞台，我们都是舞台上的演员，演绎着各自不同的生活。既已来到人间，登上这舞台，何不好好完成这场演出呢？哪怕困难当头，只要从容走下去，就是精彩。

如若一切平淡无奇，岂不愧对这个舞台？

智者告诉我们：可以通过改变自己的心态去改变自己的人生。

那么，什么叫好心态呢？简单说来，就是理性对待人生、认识自己。生活不会完全按照我们的意愿去进行，有时候往往与我们理想的样子背道而驰，但这就是生活。

所以，好的心态就应该是不以自己为生活的坐标，接受现实，改变自己。只有这样，我们才能享受生活，感受幸福。

有个女孩，毕业后到一家规模较大的地产公司工作。

四年的时间里，她从最初的业务员做到了现在的业务经理，每个季度的成绩都是公司前三名。

由于她表现出色，深得老板器重。同事们遇到难题也都习惯求助于她，这使她的人气很高。

她以为这个年末的区域经理人选已非她莫属。

升迁考核的消息一经传出，同事们都有意奉承甚至巴结她，她自己也为此得意扬扬——如果不到30岁就能做到区域经理，那在这家公司还是史无前例的。

可是，所有人都没想到，升任区域经理的居然是另一个人，大家都不明白为什么理所当然的她落选了。得到这个消息后，她的情绪开始急转直下，强烈的挫败感让她觉得难以在这家公司工作下去。亲友不断劝慰开导，但是效果甚微。

习惯了优秀，让她难以接受出乎意料的挫败。

生活中这样的事屡见不鲜。

很多看上去理所当然的事，被人们主观地设置为必然，结果却常常大相径庭，完全朝着相反的方向去发生。现实与理想的落差所造成的打击，将会影响我们原本积极的心理状态。

世事不会以我们的意志为转移。

因此，我们不能对生活妄下定论，也不该把自己置于一个理想的环境下，更重要的是不能动辄改道或临阵脱逃，唯有坚持下去，才能建立起坚强的自我，找到通往胜利的出路。

## 6. 谢谢你曾来过我的世界

每个人的童年都曾拥有一个难忘的童话。童话中有个充满想象力的红头发女孩儿，是我们童年时最好的伙伴。随着时间的流逝，《红头发安妮》的故事已被许多人遗忘。

记忆里，故事是这样的：

安妮是个孤儿，年幼的她辗转在许多家庭里寄养，进入孤儿院以前，收养她的人家都把她当成劳动力。

11岁的小安妮身材干瘦，加上长相并不可爱，一开始她很不讨人喜欢。可是精灵一般的安妮总是有着用不完的想象力，很多时候，她都把自己想象成一个可爱漂亮的女生。在她的世界里，周边风景的美丽也被无限放大，就连空气都是甜的。

慢慢地，她用自己的善良和乐观感染了身边的每一个人。

就是这样，安妮在任何境遇下都不放弃自己的梦想和希望，她自尊自强，通过自己的努力和真诚，得到了收养她的绿屋兄妹的喜爱，也赢得了周围人的敬重和友谊。

也许有人会问，安妮为什么能得到所有人的喜爱？

那是因为她从未因命运的捉弄而放弃自己。相反，她爱自己，也爱给她生命的这个世界。

如果我们每个人的心里都住着这样一个安妮，生活该多么美妙！

现实中，很多人觉得自己和安妮一样的不幸，却无法像安妮一样找到属于自己的幸福。是运气所致吗？还是因为不够爱自己呢？

生命是一次旅行。旅途中会遇见很多人，发生很多事，也会受伤，也会愈合。谁都要经历悲喜，面对生命的不完美。

于是，在旅途中我们遇到的这些人，有不经意给你伤害的，也有借给你肩膀的，但人来人往，谁也不知道下一个路口谁会离开，谁会同行。

这段旅程，只有自己与自己一直同路，永远同行，一刻也不离开。

最有力度的爱永远是自己的那一份。也只有拥有一颗爱自己的心，才能有一份自信的美丽，这份美丽将散发在你经过的每一个角落，感染遇见你的每一个人。

也许你不曾发现，那些对你微笑的人，都是因为感受到了你同等分量的发自内心的微笑，那便是爱的潜能。

相反，一个无法爱自己的人，他的人生必定黯淡又苦闷。如果别人无法在这个人的心灵找到光明的入口，又怎么会花尽心思去点亮一盏永远不可能发光的灯？

一个无法爱自己的人，注定要感受周而复始的孤独，更不可能明白如何去爱别人。

如果，你可以坚持每天对自己微笑，每天和自己对话，做自己的朋友；

倘若，你爱自己，坚定地相信自己，能够做到坚毅勇敢——

你一定能成为世界上最幸福的"安妮"！

## 第五辑

## 任何值得去的地方，都没有捷径

### 1. 没人能拥有世界，我们都是时间的旅人

我们总爱说：就算赢得了世界，又怎样。

那么这句话本身是否成立？

没有人能赢得世界。人终要变老，这是生命的规律。人只是时间的旅客。

人类总以万物之灵自诩，但却是极不自信的生物，否则何必要相信神魔鬼怪？你可以说这也是人类文明的产物，但它何尝不是源于怯懦。

哲学家帕斯卡尔说：人是一根会思考的苇草，是自然界最脆弱

的东西。一口气、一滴水就足以致命了，完全不用整个宇宙都拿起武器便能消灭他。当然，帕斯卡尔也说，纵使宇宙毁灭了他，人类仍然要比致他于死命的东西更高贵。因为他知道自己要死亡，以及宇宙相对所具有的优势，而宇宙本身对此却一无所知。

然而，苇草终究是苇草。是苇草，就要在风中摇摆，被时间吹去。

人是会思想的苇草，但想得多了，欲望随之产生。而欲望仅在很小程度上，有助于增强人的坚韧。更多时候，欲望是一杯毒酒，虽不致见血封喉，但终究会被他所想拥有的世界砸烂。

人不能永远拥有世界，人只能拥有几十年的生活和幸福。出生之前，世界就在这里；百年之后，世界依然在这里。

这不是悲剧，而是一出短暂的喜剧。

人不能拥有世界，也只有在将要离开这个世界时，人才有可能顿悟。

亚历山大大帝于短短13年间，东征西讨，定希腊、灭波斯、攻印度，建立了横跨欧亚大陆的庞大帝国。

他促进了东西方文化的发展和交流，创造了史无前例的辉煌，对于人类文明的发展做出了不可磨灭的贡献。

但这位伟大的英雄临死前立下了三个奇怪的遗嘱：第一，他的棺材必须由其医师独自运回国；第二，通往他墓园的道路要撒满金子、银子和宝石；第三，在他棺材的两侧各挖一个洞，使他的双手放在棺材外面。

一位年轻将军壮着胆子问："陛下，我们一定按您的吩咐去做，但您能告诉我们这是为什么吗？"

亚历山大喘息着回答："我想让世人明白我一生学到的三个教训：第一，医生不可能治愈人们的所有疾病，面对死亡，他们也无能为力，希望人们能够珍爱生命；第二，切勿像我一样只顾追求金钱，结果剩下了多少财富，就意味着浪费了多少时间；第三，我是空着手来到这个世界的，最终也是空着手离开了这个世界。"

亚历山大一生辉煌，但直到临死他才了悟人生的真谛。人不可能拥有全世界，也不该拥有全世界。与其在生命将要结束时懊悔，不如趁着生命正灿烂，去拣拾那些就在我们身边的幸福。

## 2. 缺憾是断臂的维纳斯，不完美才是最美

我曾无数次问自己：世界上是否有完美的人？尽我所能，能否达到世人眼中的完美？后来我想，这是不可能的事情。

但我能做到，接受我的不完美，接受生活中的遗憾。

每当犯错，在承认错误去寻求谅解时，我们总害怕不被原谅，不再被爱，但往往却能收获谅解及更多的爱。

南怀瑾曾说过：一个人学问的成功也好，事业的成功也好，做生意的成功也好，必须要带一点病态，必须要带一些不如意，总要留一些缺陷，才能够促使他更加努力。

对人或事物要求过高，刻意追求完美，不能接受一些缺陷，便成为了人生烦恼忧愁的根源。南怀瑾认为，事物或人有缺陷并非坏事，缺陷才能够促使其更加努力，逐渐地趋于完美。

生命像是一篇乐章，高低起伏才能更为生动和鲜活，所以，生活的真相便是：不如意十有八九，此事古难全。

有这样一则故事：

寺庙中有几十个和尚，有一天，方丈觉得自己命不久矣，想从弟子中间找出一个接班人。然而弟子个个都十分优秀，让方丈十分为难。

一天，方丈将弟子全都叫来，吩咐他们去寺院后面的树林里各找一片最完美的树叶回来。

所有弟子都不知其中缘由，但仍按照师父吩咐的去做了。

弟子们来到树林，都暗想：这么多的树叶，到底哪一片才是最完美的呢？冥思苦想，他们都不知该如何是好，但师父交代的任务不能不做，结果直到天黑也没能够找到"最完美的树叶"，都空手而归。除了一个小和尚。

小和尚这样想：这里的树叶这么多，每片树叶都有其独特的美，于是随便捡了一片，早早地回到了寺院里。

天黑了，方丈见众人都空手而归，便问他们："你们都没有找到吗？"弟子们皆默然。

唯独那个小和尚拿出一片树叶交给方丈。

方丈惊讶地问："你确定这片树叶是最完美的吗？"

小和尚答："是的，虽然我不知道您说的最完美的树叶是什么样，但在我眼里，这片树叶就是最完美的。"

于是小和尚成了方丈的接班人。

多数人竭尽全力也没能找到"最完美的树叶"，其根源就在于他们不明白，世间根本不存在完美事物的道理。

可能有人会说，我为事业付出了全部的精力，升了职，实现了目标，这不是一种完美吗？我们一味追寻的所谓"完美"，其实只是心中的一个美丽错觉。

你要知道，世间任何事情的发展都是相对的，一面看似达到了完美，另一面也难免有缺陷。就像许多人在事业上努力追求完美，付出了精力和时间，也得到了良好回报。但在另一方面，他们却忽略了家庭，丢掉了健康。

无可否认，追求完美是人的天性，这没有什么不好。在追求完美的过程中，人能不断自我完善，创造更好的世界。如果只因一点缺憾便耿耿于怀，那就失去了一个适度的平衡，也是自寻烦恼。

生活的最美之处，其实就在于那百分之零点几，或者百分之几的缺陷。人都有缺陷，放宽心，就能感受到其中的美好。

《狮子王》中的小狮子辛巴，从小就立下雄心，长大后一定要成为草原上最为完美的狮子。然而许多经验教训告诉它，狮子虽被称为兽中之王，但在长跑中，耐力远不如羚羊，这便是兽中之王最大的弱点。正是因为这个弱点，让很多快到嘴边的羚羊白白跑掉。

雄心勃勃的辛巴想改变这个缺点，通过长期观察，它发现羚羊的耐力与吃草有关。于是，为了增强自己的耐力，辛巴学着羚羊吃起草来。结果长期吃草使它变得很瘦弱，体力也大大下降。

母狮子得知后，教育它说："狮子之所以能够成为草原之王，不是因为其没有缺点，而是因为在长期的生存过程中，能够尽力地发挥自己的优势，才超越了其他动物。狮子的天赋特长是：超强的爆发力、卓越的观察力、精准的扑咬等等。若是一味关注耐力，只会导致自己的天赋和特长不能被很好地运用，反而达不到目标。"

听了母亲的话，辛巴真切地认识到了自己的错误，开始努力发挥自己的优点。两年后，它终于成为草原上最优秀的狮子。

哲人说：不求尽如人意，但求无愧我心。

在这个世界上，完美是不存在的。追求完美，只是对美好的憧憬和向往，只是生活的一个过程和体验，做到问心无愧就足矣。

留一些缺陷，能使自己做得更好。

"为山九仞，功亏一篑"虽然是一种遗憾，但"金无足赤，人无完人"也是一条亘古不变的真理。人生总有不尽如人意之时，面对缺憾，泰然视之，你会发现缺憾就是那断臂的维纳斯，依旧美丽。

## 3. 努力活出精彩，莫去抱怨不公平

有时候，喜欢一部戏，喜欢一个人，没什么理由，只是喜欢而已。

夜幕降临，打开屏幕，看完红拂往事，又赏绿女回忆。恍然明白，世间万物自从步入这红尘剧场，就开始演绎着各自的风尘。同一条道路，却有各自不同的终点。

我们总觉得公平合理，是一条天然法则。

常听人抱怨这事那事不公平，事事都想求个公平合理，稍有偏颇，心中就会产生矛盾，继而愤愤不平，十分委屈。应该说，追求公平是正确的，但不慎产生了消极情绪，这就需要注意了。

事实上，世界上没有绝对的公平。我们所谓的公平，只是我们自己的一种主观臆断。

一位怀才不遇的青年，跑去向大师寻求帮助。

青年哭诉道："这个世道简直太不公平了，想求得一份职业无外乎这两种做法：要么拿着自己的文凭学历敲开陌生的门，要么带着礼物钱财到后面见自己的老熟人。"

大师听了，微笑着说："何为公平呢？你可否写下这两个字容我一观？"

青年十分迷惑，但还是在纸上写下了"公平"两个字交给大师。

大师指着这两个字说道："公字写完需四画，平字却用了五画，这'公平'二字本身就不公平，又何来'公平'可言呢？"

世上没有绝对的公平，你要寻找的公平，如同神话传说中的仙境、宝物一样，只存在你的臆想中。鲨鱼吃小鱼，对小鱼来说是不公平的；小鱼吃小虾，对小虾来说是不公平的；小虾吃浮游生物……食肉猛兽看似处于大自然食物链的顶端，毫无侵略性的植物、微生物仿佛处于底部，但微生物却影响着肉食动物的生存。

每个物种都对自然的平衡起着重大作用，对于那些被吃掉的，怎能用一句不公平来定论？

世界上没有绝对的公平。

地震、火山、台风等自然灾害对生命的掠夺无法避免；有的人生来健全有人却先天残疾；发达国家的人们有些过度肥胖，落后国家的灾民却正面临饥饿和死亡，这一切又是否公平？

竞技比赛皆以"公平"为准则，但在一些潜规则面前，"公平"也只是一个相对的概念。毕竟规则都是人为的，也是由人来执行的。

每个人都有自己不同的视角，不同的阶段人的意识也会有所不同。所以，做到绝对的公平只是幻想，并不实际。

一味地追求绝对公平，会造成心理失衡，变得焦躁不安，烦恼不已。与其在烦恼中度过，何不早些认清现实，放下，就能快乐起来。

同时，当你满腹牢骚地抱怨"不公"，你是否问过自己：我真是最好的吗？如果能时刻这样想，那么从烦恼中解脱出来也非难事。

有这样一则故事：

一位青年质问智者："命运为什么对我如此不公？我并不差，可偏偏为何不能得到重用？"

智者随手捡起一颗石头，抬手扔到了乱石堆里："你试着把我刚才扔掉的那颗石子找出来。"青年翻遍石堆，却没有找到。

这时候，智者又向乱石堆里扔了一块金子。这一次，青年很快就找到了。

这时青年顿悟：眼前的自己只不过是一颗石子，如果成为一块闪闪的金子，就不必再抱怨命运的不公平。

很多人就是这样，只是一味地抱怨。殊不知，很多时候，原因全出于我们自己。

所以，我们在埋怨之前，应先反思一下自己。同时，敢于放下计较，坦然地接受不公，这也是一种人生境界。

每个人都会遇到不公平的事情，刚开始内心也不平衡，然而一路走过来，就会知道世间根本没有百分之百的公平。

只有改变自己，才能找到更好的出路。

## 4. 世界很大很奇妙，不要停下你的脚步

雪融花开时，就欣赏暖春；雨水初落时，就嬉于夏日；落叶纷飞时，就阅读深秋；雪花飘落时，就燃起火炉。

人们总爱对天气发牢骚，我很想说：既然改变不了，何不去适应？

我们周围的环境很难改变，为使生存的价值得以实现，只有改变自己，适应环境。也可以说，是"先生存，后发展"。

在现代社会中，的确需要这种"先适应，后改变"的曲线生存法则。随着生活节奏的加快，抱怨越来越多：工作丢了，怪领导没

眼光；人情冷漠，怪同事不友善；住房不好，交通不便，行业前景不佳……

把自己的痛苦统统推给社会，主观上不为自己负责地努力改变和适应，这注定是消极失败的人生。

停止抱怨，你会发现，生活中的一切大小事宜都有解决的方法。恶劣处境不会因抱怨而发生转机，消极的情绪有时只会让自己的处境更加糟糕。

很久以前，在一个非洲国家里，人们都是赤着脚走路的。

一次国王去往偏僻的乡下，发现那里路面崎岖，十分难走，细碎的石子深深地刺痛着他的脚板。于是国王回宫后颁布了一道命令，要求把国内所有的道路都铺上牛皮。这样百姓走在上面，就不会被崎岖的路面刺痛脚板，也算是做了一件利国利民的好事。

可是国王没有想到，土地辽阔，即便杀光全国的牛，牛皮也远远不够铺路所需，而且花费的人力物力更是难以想象。

百姓深知这件事情是极难做到，可没有人敢违抗命令。

这时，一位聪明的大臣斗胆向国王献计："敬爱的国君，我们为何不用两小块牛皮把脚包裹住，这样能节省很多资源啊！"

国王听了觉得十分有理，采纳了这个建议。于是，后来便有了"皮鞋"。

改变世界力不从心，改变自己却轻而易举。如果你现在正处于逆境，或你对现状不满，那么不要抱怨，重新审视自己的想法，调整心态，努力去适应和面对，很快便会有转机。

古希腊哲学家柏拉图对弟子们称自己会移山术，弟子们便向柏拉图请教方法。柏拉图说："很简单，山若不过来，我就过去。"

世间哪有什么移山之术，柏拉图是要向人们传达一个哲理：当你无法改变你的现状时，便改变自我。

最后，让我们记住英国圣公会主教墓碑上的一段话：

当我年轻自由的时候，我的想象力没有任何局限，我梦想改变这个世界。

当我渐渐成熟明智的时候，我发现这个世界是不可能改变的，于是我将眼光放得短浅了一些，那就只改变我的国家吧！

但是我的国家似乎也是我无法改变的。

当我到了迟暮之年，抱着最后一丝希望努力，我决定只改变我的家庭、我亲近的人。但是，唉！他们根本不接受改变。

现在，在我临终之际，我才突然意识到：如果起初我只改变自己，接着我就可以依次改变我的家人。然后，在他们的激发和鼓励下，我也许就能改变我的国家。再接下来，谁又知道呢？也许我连整个世界都可以改变……

面对生活的环境，每个人都有不同的选择，你可以屈服，这也是一种坚持的手段；也可以强硬，但不一定能有收获。

是改变环境，还是因环境而改变，往往就在一念之间。你的得失成败也会因此而发生变化。

人生路途，需要我们不断适应变化多端的环境。在艰苦的环境中，唯有自我改变，才能克服困难，战胜挫折，实现梦想。

## 5. 春风得意之时，也须认清自己的身份

现在的年轻人多是独生子女，很以自我为中心。因此，当有些

小成绩之时，难免春风得意。实际上，现在就业形势严峻，选择余地小，想找专业对口真的很难。

所以，一个新人进入公司，适应的时间越短，将来的发展就越好，与公司融合得越快，成功的机会就越大。

在这个过程中，新人首先要做的，就是可以得意但是不要忘形，要认清自己"是个啥"。

一个朋友给我讲过他身边的一个故事：

清华大学毕业生小李成绩不赖，形象也不错。

从去年11月开始，小李就开始找工作。他首先应聘的是国内某知名企业集团，筛选简历、面试、笔试、复试等，他都是一路绿灯。但是在签约的关键时刻，小李却放弃了，因为他觉得后面应该会有更好的机会等着自己。

首次求职就成功，让小李心里有些得意，对未来很乐观。

接着应聘的是另一家大集团，这家企业的前景和提供的待遇，都让小李感到满意。

笔试有320人参加，结果一下子淘汰了210人。

小李很幸运地通过了笔试，进入下一轮面试。第一轮面试24人一组讨论问题，小李感觉很新鲜，认真准备，发挥得也不错。等到第一轮面试结束的时候，只剩下了12人，小李又是幸运者。

最后决定性的面试是在清华大学，具体地点就在小李的教学楼附近。天时地利让小李狂喜不已，内心更是暗暗得意，仿佛签约只是早晚的事情，面试时态度就有些不端正了。

没想到名单公布的时候，小李却榜上无名。

这个跟头摔得很惨，原因就在于小李的得意忘形。

得意本没有什么错误，但是在得意的时候忘形了，就会失去自己本该拥有的东西。小李认真总结了经验教训，分析了自己的优点和缺点，最后终于与另一家大型企业签订了就业合同。

不仅是在应聘的时候要注意不能得意忘形，参加工作以后也要时刻提醒自己要认清自己"是个啥"。否则在你得意忘形的时候，也可能就是你坐冷板凳的时候。

在一本杂志中，还读到过这样一个故事：

戴利应聘到了一家公司。刚进公司的时候，他就被老板看中，成了重点培养对象之一。但是，由于他在公司的一次集体出游中张扬个性、得意忘形，被老板打入"冷宫"。

公司的几十个人到千岛湖出游。这次出游的人被分成三队，老板带一队，人事经理带一队，戴利带一队。

戴利在大学时经常玩"三人两脚""默契考验"这样的游戏，玩起来自然驾轻就熟。在一个"同舟共济"的游戏里，每队发到12块地毯拼片，要求每拼一次就减少一块拼片，看哪队人在拼片上坚持的时间最久。

戴利精心安排，最后12人的编队还留下一大半。可是老板那边只剩下两个人不说，自己还狼狈地摔了一跤。

戴利越来越亢奋，而老板的脸色却越来越难看。正在亢奋中的戴利根本没有注意到老板脸色的变化，最后进行的定向越野赛中，他带着自己的编队遥遥领先，而且自己还第一个登上山上的制高点。

看着老板费力地往上爬，戴利兴奋地大喊："慢慢爬哦，我可把你们踩在脚下啦！"老板听着戴利的话，脸几乎扭曲了。

集体出游后第二周，戴利就被"雪藏"了。

戴利被"雪藏"的原因，是没有完成好学校到职场的角色转换。公司不是学校，老板的利益大于一切，得意忘形的戴利，没有照顾到老板的心情，破坏了老板的光辉形象，自然引起了老板的不满。如果戴利能够清楚地认识到自己在公司的位置，低调些，恐怕也不至于把冷板凳坐穿吧。

很多人一段时间内比较顺利，这个时候自己也非常满意。

但如果此时高兴变成得意忘形的狂妄，没有正视自己的能力，对事情困难的程度就会估计不足，便很容易犯大错，伴随着大错的也许就是后悔和自责。

所以，对待事情要保持一颗平常心，要多考虑一下遇到困难怎么办，无形中会将许多压力消灭在成形之前。

得意忘形会造成转折，使人和事由盛转衰。因此在职场中，大可以得意，但决不能忘形，要懂得居安思危，懂得得意之时依然要冷静地洞察先机。

很多人得到领导的肯定或是获得了一些权力，个人欲望开始膨胀，得意忘形之际不但不把同事放在眼里，还会在背后评价甚至非议上司，把上司的信任或者授权当做炫耀的资本，甚至有的时候越位处理问题。

这种时候，这些行为一旦影响到领导的权威或利益，极有可能你会被"卷铺盖走人"。

小张在某大型国企上班，由于他出众的管理能力和英语水平，不到一年就被提拔到经理助理的位置上。

事业顺风顺水，小张难免得意忘形，常常在一些商务活动中越位。不过他的上司比较大度，不计较他的越位。

有一次，一位英国客户来公司采购，公司派出经理和小张以及销售主管去谈判。谈判中，经理的英语水平有限，便让小张做了临时翻译。

没想到，小张得意忘形之际，根据自己掌握的情况添油加醋，擅自报出了公司的最低价格，承诺一个月的时间出样品，并对产品质量以及一些重要问题都私自作答。

幸好一旁的销售主管也懂些英文，悄悄告诉了经理。经理脸色很难看，当即中断了谈判，回去后就解除了小张经理助理的职务。

一次得意忘形，招致解雇的命运。小张在谈判中自作主张，超越了自己的权限，完全无视上司的意见，使上司对小张的信任降低到了零点，无法再与他配合工作下去。

在职场上，不管是应聘还是工作，都要注意可以得意，但是千万不要忘形，每时每刻都要认清自己"是个啥"。

只有对自己有了清醒的认识，才能扬长避短、趋利避害，胜不骄、败不馁，一直坚持到最后，直至取得胜利。

## 6. 人生之路，经不起较真的折腾

凡事就怕"太认真"。

认真自然是能把事情做好的，然而，有的人不懂"认真"和"较真"的区别。

认真和较真都是一种对"真"的追求，认真是追求真理，毫不含糊；较真则是指对细枝末节过于执着，不懂变通。在只须认真对待就能做好的事情上过于较真，最后往往失败。

玩世不恭、游戏人生的态度虽不可取，但太认死理，只能让自己走进死胡同。有道是"水至清则无鱼，人至察则无徒"，生活本就是不完美的，太过较真，眼里容不得一点沙子，就会有太多看不惯的事。

人无完人，如果总是苛求别人，放大别人的缺点，容不下别人，肯定没有人愿意和这样的人交朋友。一颗心过于较真，就把自己同社会隔离开了。

看似平坦的东西未必平坦。

我们常用"平滑如镜"来形容物体表面平坦，但是，如果把看似平滑的镜子放在高倍放大镜下，你会发现它们的表面布满了凹凸不平的"山峦"；看似干净的物体，在显微镜下就会呈现出很多细菌。

如果我们总是戴着"放大镜""显微镜"去看周围的人和事，必然会觉得处处不平，到处是坑。

最常见的婆媳矛盾，很多时候就是由于双方太较真导致的。在一件事情上，两代人各有看法，公说公有理，婆说婆有理，争执下去只会落个伤和气的结局。

章琳婚后和婆婆生活在一起，但凡是婆媳生活，难免有些摩擦。开始时，章琳总是爱较真，常为一些琐事和婆婆闹翻。

比如章琳喜欢把菜做熟后再放盐，婆婆就说："这样的菜不能吃。"章琳辩驳道："专家说这种做法对人体有好处。"

婆婆马上一脸不悦："一家人吃了几十年我做的饭，也没看出什么不好的地方。"

章琳二话不说，跑到屋里找出资料给婆婆看。虽然婆婆看后不得不承认这是科学，但碍于面子，她几天都没有好好理过章琳。

这样的情况越来越多，婆媳关系也变得很僵。

章琳的妈妈听说这种情况，对她说："没必要和自家人这么较真，这世上哪有完美无缺的人。你婆婆每日操持家务，你该理解长辈的辛苦，何必计较这些小事。"

章琳觉得妈妈说得也对，婆婆在家包办了大部分家务，给忙碌的小两口减轻了许多负担，自己怎么就不能多看看婆婆的好，选择性忽略那些小分歧呢？

从那以后，她再也不与婆婆争执了，她发现原本那些看不惯的小事忍下不说，也没有对他们的生活造成多大的影响，反而使得家里的气氛变得更加融洽。

人与人之间的互相理解是十分重要的。

每个人在做事时都难免有这样那样的不足，古语说得好：人非圣贤，孰能无过。凡事都爱斤斤计较，只会徒增烦恼。

常以"难得糊涂"自勉的郑板桥有句话说得很好：聪明难，糊涂更难。古往今来，能容人之人，往往都能成就一番大事业。欲成大事者则不拘小节，放眼于未来，能让自己超脱平凡，终成大业。

与陌生人较真是浪费精力，与自己的亲朋好友较真更是一种伤害，与水平不如自己的人较真就等于放低自己，最愚蠢的莫过于和自己较真。

在这个世界上，如果你自己都不爱自己，不能包容自己，还能指望谁能帮助到你呢？

不较真，并不是傻。

遇事多往好的方面想，站在别人的角度上去思考问题，体谅别人的难处，多些宽容与理解，你才能向更多的快乐和幸福靠拢。

## 第六辑

## 你所走过的路,都是奇迹

### 1. 永远不要等别人来成全你

多少人一世奔波,被时光追逐,却忘记了待到老去那天,想要的不过是简衣素布、粗茶淡饭这样宁静的生活。

从 20 世纪 80 年代直至今天,有一本中国古代典籍在日本社会各阶层广泛流行,经久不衰,很多日本企业家、政治家和学者都把它作为立身和处世的模范,以此来规范自己的行为和思想。

这本影响颇深的典籍的名字叫做《菜根谭》。

为何《菜根谭》会被日本各界奉为经典呢?因为随着战后经济的复苏,人民的富足,日本人在逐渐繁荣的社会现状中开始迷失自我，老年人变得空虚，年轻人变得拜金，社会越富足，人反而愈来愈不幸福。

在这种情况下，有人提出了返璞归真的运动，想要获得充实就要抛开杂念，明白真正的生活真谛，《菜根谭》自然就成了很多人的精神支柱。

在通常的观念中，朴素与艰苦似乎意义相同，朴素的生活就是艰苦的生活，就是吃糠咽菜。但事实上，朴素和艰苦完全是两码事。艰苦是在糟糕的环境下，过着不如意的生活；朴素是在相对优越的环境中，坚持简单质朴的生活方式。

"朴"就是质朴，"素"就是简单，质朴简单不就是人的本色吗？

每一个人生下来的时候都一丝不挂，在成长的过程中，社会才赋予了人不同的角色和地位，给予了人不等量的物质，这才使得每个人的生活不再一样。

许多物质丰盈者为了体现自己的优越，开始崇尚奢华。

奢华的生活掩盖的是人的本质，只有朴素的生活才能让人们重新回归，找回人的本质，重新获知人生的意义。

其实从古至今，凡成大事者，无不懂得享受俭朴的生活。

很多成功者就是在朴素的生活中战胜困难做出成绩的！

我国著名的学者、国学大师季羡林先生就是一位衣着朴素、认真负责、与人为善的老人，很多人尊称他为"布衣教授"。

是什么决定了他一生的简朴呢？

季羡林出生在山东省清平县康庄镇官庄一个贫苦的农民家庭。小时候，家里一年也吃不到几次白面，连买盐的钱都没有。

四五岁时，季羡林就开始帮家里干活儿，早早体验着生活的艰辛。到了收割庄稼的时候，他就去别人割过的地里拾麦子或者豆谷。

尽管家境贫寒，但季羡林勤奋好学。后来，季羡林考上了清华大学，之后又留学德国，回国后执教于北大。

虽是留洋学者、北大教授，季羡林却始终衣着简朴。季羡林家里的书桌和饭桌等都是用了几十年的普通家具，看的还是20世纪70年代末买的19英寸电视机，他的饮食也十分简单。

他不但生活上极其简朴，还将一笔又一笔节省下来的工资和稿费慷慨地捐献给家乡的学校，为家乡建立卫生院。

孟子曰：生于忧患，死于安乐。童年时饥饿的记忆使季羡林保持着勤俭节约的习惯，艰苦的经历是他奋发的动力，令他受益终身。

浩浩中华，上下五千年，礼义多以俭为德。"千古良相"诸葛亮曾这样告诫自己的儿子："夫君子之行，静以修身，俭以养德。"表达了希望后代志存高远的愿望，成为千百年来广为传诵的佳句。陆贽也曾说过："不节，则虽盈必竭；能节，则虽虚必盈。"

由此看来，节俭真是一条古老的修养之道。

古语有言："养心莫善于寡欲。"它告诉我们，粗茶淡饭，勤俭节约的淡泊生活，是养心娱乐、陶冶性情最好的方法。

因此，勤俭节约对修身养性有至关重要的作用。

但是在这个物欲横流的当下，勤俭节约却被人们慢慢忘记了。

我们时常觉得无助，因为我们也极少自我检讨，总认为所做的事只要是为了生存，就理所应当，有时宁愿放弃自己的坚持，被物质所支配。

记住：俭可以养德，可以助人成就事业！

华人首富李嘉诚拥有庞大的资产，但他的生活似乎和他的资产并不对称。他曾经说："就我个人来说，衣食住行都非常简朴、简单，跟三四十年前根本就是一样，没有什么分别。"

李嘉诚用饭经常是一菜一汤，或者两菜一汤，饭后加一个水果。有时喜欢吃稀饭加咸菜，或者咖啡、牛奶、面包。

他在公司总部宴会厅宴请客人，通常连水果在内八道菜，碗是小号的碗，分量都是有控制的。没有大鱼大肉，只令客人吃到恰好分量，不致胀腹，也不致不够，力求做到不致浪费。

在公司，李嘉诚与职员一样吃工作餐。他去巡察工地，工人吃的大众盒饭，他也照样吃得津津有味。

如此的简单和朴素，哪里像是一个亿万富翁的生活？但他却切实如此。在这简单朴素的生活中，他得到了普通人最易忽视的简单朴实的快乐。

世人本都相同，简约的生活也人人可得，只是我们做出了不同的选择。

生活本就不是金钱所能衡量的，奢华折射出一部分人心灵的空虚，不辨自己人生的意义就会盲目用物质装点自己的生活。

朴素的生活方式能让人放下伪善的面具，洗尽铅华，感受心灵的宁静，获得精神上的满足。

## 2. 只有先空出手才能再拿起

知道自己不需要什么，既是一种智慧，也是一种幸福。

仔细想来，我们拥有的东西，远大过我们的需要。比如人们总爱说，女人的衣橱里永远少一件衣服。

表妹是个爱美的女孩，尽管家里的两个衣橱都已被她挂得满满的，可她还是每天都在烦恼同一个问题：今天又没衣服穿。

其实很多衣服她都只穿过一次，有的甚至没穿过。每个月定期地选购新衣服，次次都满载而归，却都不满意。

有一天，上司通知她去山区出差。由于通知急促，她没有机会选择衣服，只得从衣橱里随便抓了两件就走。

一个月后她从山区回来，我打趣她说："这个月只穿那么两件衣服，是不是很憋屈？"

她说："不会，我的红风衣已经成了我的标志，远远走过去，大家都知道是我。现在想想，以前在衣服上浪费的时间还真多，现在才知道衣服少一点，我也照样活得很好。"

我们总说自己需要的不多，例如女人总说自己想要的衣物不多，只是在选择的过程中，需要找到最合适的那一件，就要买很多件来尝试。

在生活中，这种说法无处不在，人们都说，只有经过对比，才能知道什么最合适，什么最好。

我们的生活总被不需要的东西填充着，生活就成了一个令人眼花缭乱的衣橱——无从选择，只得胡乱搭配。

这时要是自己的衣橱小一些，衣服少一些，至少能快速选择，而不是面对上百个选项，用去半天时间。

智慧的人明白，幸福不在于拥有整个仓库，而是能在仓库里拿到最珍爱的宝物。

人只有一双手，要知道什么对自己最重要，牢牢捧住，才算没有辜负生命。否则丢了西瓜捡芝麻，丢了铂金捡黄金，到最后手中剩下的，也许是最没用的一个，你根本不想要。

贪婪的生活是苦涩的，它让你对已经拥有的东西总是不满，实际价值也被你大大贬低,你占据着它们,它们却使你更加不幸福。这个过程不断重复,你会一直寻找下去,直到心力交瘁。

知足常乐,接受现状并感知现实中的美,才能让你体会到真正的幸福。

## 3. 喂,你是橘子,别再装柠檬了

悠悠岁月,漫漫山河,此生陪你天长地久的,唯有时光和草木。哪怕有一天,你远离尘世,它们仍会留守世间,守护着你的灵魂。

而那些与你推杯换盏或是海誓山盟之人,却早已不知去向哪里,飘向何方了。

草木没有贵贱,无论是野外的花草,还是高墙大院内名贵的树木,它们都一样拥有自己的灵魂。

著名大师南怀瑾曾说:"有时候生活困难,过着穷不到一月,富不到三天的日子,表面上充阔气,内心却异常痛苦。"

在现实中,很多人常为顾及面子,而做出表里不一的事情。死要面子活受罪,这是自欺欺人的。

有时候不仅面子留不住,还会使你陷入尴尬的窘境。

汪翔的朋友张波在前不久成立了一家公司,朋友们为他聚会庆祝,都祝愿张波生意能够红火。汪翔更不例外:"张波,你看这些人总对你说虚话,我给你来点实际的,你的第一单生意我包了。"

朋友们都说汪翔厉害,够义气。

一瞬间,汪翔也顿觉自己很伟大,在朋友前赚足了面子。其实汪翔的心里明白，自己虽然是个副主管，可其实没多大权力，只是为了在朋友面前摆面子，他还是毫不犹豫地做出承诺。

一个星期过后，张波就去找汪翔谈生意。这下汪翔慌了，因为他自己对公司的这次招标根本就没有什么把握。

张波见状，劝他不要勉强为难。

但是汪翔为了保全面子，依旧逞强。结果几次三番地失误，不仅张波跟着受了累，他自己也搭进去了不少精力。

从这之后，朋友们都对他产生了一丝反感。

汪翔自己也备感失落，本来是想赚面子，结果反而失了面子。

潇洒、明朗、自由，是从来都"不要面子"的。太要面子就得活受罪：明明没有钱，却逢人摆阔气，装"款爷"和"富婆"。

今天请吃喝，明天进舞厅，结果欠下一屁股债务后，只能暗地里吃咸萝卜；

明明能力不足，却强装君子风度，答应一些力所不及的事情，最终使自己跳进痛苦的深渊；

夫妻间早已同床异梦，但一想起面子，邻里议论，又装出一副恩恩爱爱的面孔来支撑婚姻大厦，直到心力交瘁……

静心想来，这又何必呢？彼此之间坦诚相待，才是天长地久的良计。

有位小提琴家，指导自己学生演奏，当学生拉完一首曲子之后，他都不多说话，只是亲自将曲子再演奏一遍，让学生仔细地聆听，从中领悟演奏技巧。

一天，他收了一位新学生。学生的琴声一起，震惊四座，这位学生表演得相当好，甚至超过了他自己。

台下的听众都认为，为了顾及自己的面子，小提琴家一定会给这个孩子指出许多毛病,以显示自己的尊严。

出乎意料的是,小提琴家照例拿着琴走上前,将琴放在肩膀上,久久没有动。最终,他又将琴从肩上拿了下来,深深地吸了口气,满脸笑容地走下台去。

小提琴家向大家解释道:"这个孩子演奏得实在太完美了,我恐怕没有资格去指导他。起码在这首曲子上,我的演奏对他可能只会是一种误导。"

台下顿时响起一阵热烈的掌声,送给这位优秀的学生,更送给这位小提琴家。

小提琴家勇于接受学生更优于他的事实,体现着大师风度,赢得了在场人的尊重。他不受盛名所累,也不被人们的目光限制,用真实为自己赢得了面子。

要面子并没有错,但不要让面子成为一种负累。做事认真但不勉强,因为勉强不仅委屈了自己,也委屈了别人,只要做到真实就好。

"面子"的枷锁,总使人内心煎熬,负重前行。放下面子是一种智慧,得到的是更为真实,更为自由和快乐的人生。

## 4.懂得享受寂寞是你区别于他人的标志

祸事可以变为喜事,而喜事也可以变成祸事。当你正处于福中而乐不可支时,也许祸就要来临。

不以福喜,不以祸悲,淡定面对这一人生常态是非常重要的。

"祸兮福之所倚,福兮祸之所伏"是老子《道德经》里面的一句话。

这句话告诉我们，祸与福对立统一，还能互相转换。

这个道理来自一个很老的故事：

从前有位老汉，来往的过客都尊称他为"塞翁"。塞翁生性豁达，看问题也总与众不同。

一天，塞翁家的马走失了，邻居们听后纷纷表示惋惜。

可是塞翁却不以为意，反而劝慰大伙儿："丢了马虽是坏事，但谁知它会不会带来好的结果呢？"

果然，没过几个月，那匹迷途的老马从塞外跑了回来，还带回了一匹胡人的骏马。

邻居们又一起来向塞翁贺喜，夸他在丢马时有远见。

这时，塞翁却忧心忡忡地说："唉，谁知道这件事会不会给我带来灾祸呢？"

胡人的骏马，使塞翁的儿子喜不自禁，于是他天天骑马兜风，乐此不疲。终于有一天因得意忘形，从飞驰的马背上掉了下来，伤了一条腿，落了残疾。

邻居们闻讯赶紧前来慰问，而塞翁却还是那句老话："谁知道它会不会带来好的结果呢？"

又过了一年，胡人大举入侵中原，身强力壮的青年都被征去当了兵，十有八九都在战场上送了命。塞翁的儿子却因是个跛腿，免服了兵役，父子二人得以避免了这场生离死别的灾难。

古人有两个词总结得非常好，一个是"否极泰来"，一个是"乐极生悲"。人生处于低谷的时候，要向前看、向上看，看到自己还有重新站起来的机会。只要自己不气馁、不放弃，那么上天也是不会放弃我们的。

祸与福是一个整体的两个面，虽然对立，却永远无法分开，偶尔在同一事件上不断地翻转。因此，无论我们处于哪一端，与其苦苦纠结于趋福避祸，倒不如用平和的心态去面对。

生活当中，福，我们求之不得；祸，我们避之不及。然而，祸福总是难以预料。

有时已筋疲力尽，再没力气去追逐，蓦然回首却发现，那人那事早已在灯火阑珊处。而当我们好运连连、志得意满的时候，晴天霹雳也会突然从天而降，一下子把我们从顶峰打落到深谷。

所以，福气可贵，但不可强求。唯有顺其自然，宠辱不惊，方能在祸福中安然自得。

## 5. 错过的本身，也是一种美丽

人非圣贤，孰能无过。

忘记约会的时间，错过某个重要的面试日期，与末班公交擦肩而过，错过与亲人团聚的机会……面对这些，你是不是总愁眉苦脸？

人生大可不必如此哀伤，错过了爱情，还有朋友；错过了工作，还有自由……

也许有一天，你会惊讶地发现：原来错过并不一定是件糟糕的事，反而可能是一种幸运。既然如此，又何必抱怨与叹息呢？

某年，美国一所著名大学来中国招收学生，名额只有一个。

到了面试的那一天，主考官一出现在大厅，学生们便蜂拥而上，将他团团围住。只有一名学生由于动作太慢，没能接近主考官，他心里一阵失落，认为自己不可能被录取了，就准备离开。

就在此时，他突然发现大厅的角落有一位外国女士，正在茫然地看着窗外。学生心想："她不会是遇到什么麻烦了吧？"

学生走近那位女士，有礼貌地问："您是不是需要帮忙呢？"女士说："谢谢你的好意，我暂时不需要。"接下来，女士又问了一些这个学生的情况，两人相谈甚欢。

第二天，这个学生收到了主考官的通知，他被录取了。

这个学生得知这个消息后十分高兴，后来他才知道，原来那位女士就是主考官的夫人。

看来，错过了美丽的花朵，收获的并不一定是凋残的枝叶，还可能是硕果。所以，当我们用尽心力去完成一件事情而没有得到回报时，不要悲观失望，更不要停止前进的步伐，前方还有更好的机会正等着我们。

错过本身未必不是一种美丽。能够欣赏错过，是难能可贵的。

我朋友阿哲是一个旅行摄影师。有一次，他接到一个杂志社的邀请，去非洲拍摄一些人文方面的照片。当时阿哲正好知道在埃塞俄比亚当地有一个节日，会很热闹，他收拾好行李后赶往此国。

可能是因为水土不服的原因，他到了埃塞俄比亚就生病了。由于第二天他要到当地部落去拍摄节日盛况，他吃了药后，告诉酒店服务员第二天早上六点一定要叫醒他。

可当他第二天醒来时，发现已是中午，而服务员因为语言沟通原因，以为是下午六点叫醒他。

阿哲只好急匆匆打车赶往此部落，当他到了部落后，发现盛大的节日庆典已经结束。他万分懊恼和失落，坐在村落旁边的石头上默默地抽烟。

此时，一个当地人小心翼翼地走到他身边，问他是否愿意参加他们的家宴,今天他的女儿结婚。阿哲欣然答应。

在宴会上,阿哲和当地人打成一团,也拍摄了很多当地特色的照片。最后,阿哲不仅在当地交往了很多朋友,而且拍的照片在杂志社和社会上也获得了一致的好评。

如果阿哲没有错过上午的节目,他可能就不会遇到当地的朋友,也不会参加这样有特色的家宴,更不会拍到这些最地道的照片。

其实,错过也是一种收获。

或许我们还来不及看清这些收获,但它一直都在那里,静静地等待着我们去感悟,去发掘,直到最终拥有。

生活可以让人意志消沉,也可以让人百炼成钢,关键在于你究竟怎样面对。

## 6. 这条路不走下去,你不知道它有多美

人生可以有千姿百态,每个人都有自己的活法。但是归根结底无非也就两种:一是活得累,二是活得潇洒。

在人生的旅途中,可能随时会发生各种不顺心的事情,高考失利、下岗失业、晋升无望、怀才不遇、生意翻船、家庭分裂等。种种坎坷都会因主观愿望与客观现实的矛盾,而引起情绪波动,导致心态失衡。

这时候,有的人选择铤而走险,不择手段;有的人满腹牢骚,怨天尤人……这都是疲惫的人生状态。

还有一些人则平心静气,理智地对待困难和痛苦,用积极的态

度寻找治疗苦闷的良方。他们随遇而安,顺应自然,环境再怎么恶劣,也都不放在心上,而是专心于工作和生活。

这些都是活得潇洒的哲人。

老子说:"人法地,地法天,天法道,道法自然。"世界上最无法改变的就是自然法则,所以,顺其自然才是人类的生存之道。

万物的枯荣有其规律,花儿不会常开不败,树叶也有散落之时,就连月亮也不会永远盈满。它们都必须遵循自然的法则。

随着时间的流逝,过往的情绪终究要消失,外貌、权力、财富、名誉都将成过眼烟云。

人要学会顺其自然地活着,刻意追求反被其所累,最终迷失自己,陷入无尽的烦恼。

寺庙后院的草地很荒凉,于是小和尚对师父说:"师父,我们赶紧买些草籽种上吧。"

师父说:"不用着急,等天凉一些了,我随时去买一些草籽。"

到了中秋,师父把草籽买了回来,交给小和尚,对他说:"去吧,把草籽撒在地上。"天上起风了,小和尚一边撒,草籽一边飘。

"不好,许多草籽都被风吹走了!"小和尚跑去告诉师父。

师父说:"没关系,风吹走的多半是空的,撒下去也发不了芽。随性就好,没什么可担心的。"

草籽撒上了,许多麻雀飞来,专挑饱满的草籽吃。小和尚看见了,惊慌地说:"师父,不好了,草籽都被麻雀吃了,这片地再也长不出小草了。"

师父说:"没关系,草籽够多,麻雀是吃不完的。随遇而安,明年这里一定会有小草的。"

夜里下起了大雨,小和尚久久不能入睡,担心草籽会被雨水冲到别的地方。

第二天，雨停了，小和尚跑出去一看，很多草籽都被冲走了。于是他马上跑进师父的禅房说："师父，草籽被冲走了，长不出小草了，这可怎么办啊？"

师父不慌不忙地说："草籽被冲到哪里就在哪里发芽，不用着急，随缘。"

没过多久，后院的角落里居然长出了许多青翠的小草。小和尚高兴地对师父说："师父，太好了，我种的草长出来了！"

师父点点头说："随喜。"

小和尚的师父是一位懂得人生乐趣的人。凡事顺其自然，不必刻意强求，反倒能有一番收获。"随时、随性、随遇、随缘、随喜"，简单的十个字，却道出了人生的大智慧。

如果周围的客观条件无法改变，就不妨顺其自然、随遇而安。找到心灵的一份宁静与快乐。

一位日本禅师，法号白隐。不仅道行高深，而且生活朴素，深受当地百姓的敬仰。

寺院附近住着一户人家，家里有个非常漂亮的女儿。一天，夫妻俩发现女儿怀孕了，认为这是见不得人的耻辱，夫妻二人不断逼问女儿那个男人是谁，女儿怯怯地说出了白隐禅师的名字。

夫妻二人来到白隐禅师的住处，狠狠地将他痛骂了一顿，骂他不守清规戒律，败坏道德。

可是，白隐并没有生气，只是若无其事地说了一句："只是这样吗？"

等孩子出生后，那个姑娘的父母就将孩子送给了白隐禅师，让他抚养。

这件事使白隐禅师几乎声名扫地。但他并没有放弃孩子，而是悉心照料他，四处乞求婴儿所需要的奶水和用品。即便遭到许多白眼和羞辱，但他总是泰然处之。

在白隐禅师的细心呵护下，婴儿渐渐长大，成为一个非常可爱的小孩。孩子的妈妈再也忍受不了良心的谴责，于是就把实情告诉了父母——孩子的父亲另有其人。

她的父母非常惊讶，立即带着她来到寺院，向白隐禅师道歉，请求原谅。

可是，白隐禅师还是像当初那样，不温不火，淡然如水，更没有趁机抱怨他们，只是轻轻说了一句："只是这样吗？"

在生活中，我们也常常会被人误会或是指责，如果你去解释或还击，只会把事情越闹越大，像白隐禅师一样，不去争辩，不理会，顺其自然，往往是最好的解决办法。

佛学中讲，不要用抗争的心态来面对这个世界。凡事以对立的心态对待，唠叨抱怨就不会停止，如此便会失去宽容的心，无法接受他人不同见解，难活得快乐。

宠辱不惊，得失无意，凡事只要自然就好，这样可以获得身心的安宁、惬意、舒适。

人生总是充满了痛苦与无奈，当我们的利益被侵犯，当我们因见解不同而冲突，不能和谐相处的时候，种种苦恼就会使我们终日活在患得患失之中。

不如用随遇而安、顺其自然的生活态度自然地生活，在自己的内心建立一个安宁平静的港湾，来停泊暂避风雨的生命之舟吧。

## 第七辑

## 我比谁都相信，奋斗才能改变自己

### 1. 梦想是你生命之旅的罗盘

没有梦想的人，就像失去翅膀的鸟，天空再大也无法翱翔，活着只是等待死亡的过程。在现实中沉湎，庸庸碌碌地走过一生是可悲的，一生充满遗憾，却又无可奈何。

没有梦想的人生，就是把现在的死亡，待到老时埋葬。雨果说："生命好比旅行，梦想是旅行的指南针，失去了方向，只好停止前进，精力也就枯竭了。"

是的，有了梦想，生命才有前进的方向，失去方向，生命的钟就会停止摆动，剩下的只是躯壳等待垂老的过程罢了。

拿破仑说过："不想当将军的士兵，不是好士兵。"世上没有天生的将军，每一个将军都是从士兵开始的。如果没有做将军的梦想，随着年龄的增长，也只不过是从新兵变成老兵罢了。

同样，没有梦想的学生，不知道自己为什么而读书，即便他勤奋刻苦，得到的也只是一张没有血液的成绩单而已，一旦走出学校，没有了成绩单的督促，便再也没了前进的动力。

一个没有梦想的职员，只为生计而工作，永远只能停留在原地，为生存而奔波，永远无法达到人生的另一种高度。

纽约历史上第一位黑人市长罗杰·罗尔斯出生在贫民窟。

那里出生的孩子，早已被社会和现实打上了标签，没有人愿给他们体面的工作，时间久了，那里出生的孩子都会慢慢接受这个现实，重复着这种卑贱的生活。

但是，罗杰·罗尔斯却没有接受现实。

读小学的时候，校长保尔·保罗为了鼓励他，对他说："看你修长的小拇指就知道，你将来一定会成为纽约的市长。"

正是这句话，让罗杰·罗尔斯无论面对什么困难，没有放弃过追求。终于经过40年的奋斗，当上了美国第一位黑人市长。

这个故事告诉我们：人一定要有梦想，不管这个梦想容易实现还是太过遥远，它都有实现的可能。

但要注意，付出的努力一定要与梦想的重量成正比。

没有梦想的飘荡终会迷路。任何一个成功的人都是因为有前进的目标，才一步步勇往直前，走向成功的。

因为有目标和梦想，他们总是会百分之百地投入，竭尽全力地向前冲刺；因为有目标和梦想，他们不会迷茫，对那些阻碍梦想的事都不在意。如此一心向前，终于到达成功的彼岸。

其实，王石本来就是一个不满足于自我，并且永远激情四射的领导者。

1997年，他抓住一个契机去了西藏，到了高原，呕吐，头疼，睡不着觉。这次特别的经历，反而唤起了他少年时代的梦想，于是就开始热衷登山、探险，直到现在。

"我当兵的时候是在汽车团，汽车团旁边就是航校，看着一架架飞机起飞就特别羡慕。到了1998年我学飞滑翔伞，实现了蓝天翱翔的梦想，一飞就是十年。两年前我改飞滑翔机，现在就觉得梦想在一步步地实现。我还想着去航海，虽然现在的职业不是自己特别想要做的，但觉得能得到社会承认，也很心安。"王石说。

作为登山运动的爱好者，王石于2003年成功登顶珠穆朗玛峰，至今保持着国内登顶珠峰的最年长纪录。

他又于2004年、2005年先后完成攀登世界七大洲最高峰和穿越北极和南极的探险，是成功登顶七大洲最高峰的四个华人之一。

对王石来说，登山已经成为他生命中不可或缺的一部分，登山也改变了他的人生状态，用他的话说就是："登山能让你感受到山在你面前的魅力，让你向往与自然亲近，挑战自己。"

这就是王石，一个房地产龙头企业的老总，一个永远都不知道满足，时刻怀有梦想，并且时刻保持追求梦想激情的领导者。

在你渴望成功的过程中，不要因别人的影响而放弃自己的梦想。要想在这个变动的世界中获得重大胜利，你一定要拥有那些伟大拓荒者的精神。

这种精神，会成为你生存的血液，前进的动力。

坚持你的梦想，保持持续的激情，不断完善自己，调整自己，像热爱生命那样热爱你的事业。那么，你也许就能成为像比尔·盖茨、李嘉诚、王永庆、王石等那样的人，就能被社会尊重，拥有令人震惊的财富。即使不能成为像他们一样的人，也不会遗憾。

梦想是前进的动力，没有梦想就会停滞不前。

精力总保持充沛的人，正是因为知道自己想要什么，知道自己该做什么。他们用梦想鞭策自己，每一天也因此活得充实而快乐。

即使会被短暂的失败击垮，但痛过之后他们还是会勇敢地站起来，继续向着梦想出发。

而那些没有梦想的人，很容易为一些琐事而烦恼，常会觉得生活像一团理不清的乱麻，"剪不断，理还乱"，不知不觉中成了环境和琐事的奴隶。

没有理想的人是可怜的，如果没有梦想的鼓舞，人生就会变得空虚而索然。人生短暂，有梦想才能撑起生命的绚烂。

## 2. 我比谁都相信奋斗的力量

梦想不能被遗忘在路上。没有梦想的灰暗人生，看不到成功的光芒。敢于做梦，并身体力行的人，才会成功。

有形的世界一定会受到无形世界的制约，因此梦想在人生中会起到很大作用。

不忘却自己的梦想，不在没有理想的状态下生活，使社会在人类理想的指引下不断前进，那么有朝一日理想一定会变成现实。

音乐家、雕塑家、画家、诗人和哲学家等等，他们在追逐自己梦想的路上，成了未来世界的建设者，天堂的建筑师。这个世界之所以绚丽多姿，离不开他们的理想。哥伦布有了发现另外一个世界的愿望，随后才在这种思想的鼓舞下发现了美洲新大陆。

任何伟大的成就，都源于最初的一个小梦想、小愿望。青草在破土而出前，只能沉睡在草籽中，小鸟破壳前只能在蛋中耐心等待。那些存在于心中的至高理想，一旦破壳而出振翅高飞，就会在天空画出无数美丽的弧线。

现实环境或许不比别人优越，甚至更加困难，但是只要心中有自己的理想，并且坚持努力，那么终会实现。

英雄是不问出处的，现实的困难不能成为自己妄自菲薄的借口。

作为一个有为青年，不能在自己的黄金年龄死气沉沉，毫无斗志，应该意气风发，信心十足，敢于给自己制定一个远大的目标，并为了这个目标不懈地努力奋斗，只有这样才能让年轻的生命更有意义。

菲尔·强森的父亲是一家洗衣店的老板，他上学期间就被父亲叫到店中工作。他父亲这样做，就是希望菲尔将来能够接管这家洗衣店。

可是，菲尔对这项工作并没有丝毫兴趣，他觉得自己的一生不应该被困在这家小小的洗衣店里。

因此，菲尔在每天工作时都懒洋洋的，没有任何精神，除了一些必要的工作之外什么事情也不操心。有时候，他还会故意旷工。

父亲看到之后，感到非常伤心和失望，认为自己养了一个不争气的儿子，让他在员工面前丢尽了脸面。

后来，有一天，菲尔告诉他父亲：他要到一家机械厂去上班，做一名机械工人。父亲对他的选择感到十分惊讶，也不打算支持他的这一想法。但是主意已定的菲尔还是去了机械厂。

菲尔在机械厂里干活十分卖力，并且又学习了工程学课程，研究引擎，装置机械。后来，他成为美国波音飞机公司的总裁，他研究制造的"空中飞行堡垒"轰炸机在第二次世界大战中，为盟国的胜利做出了巨大的贡献。

如果当年菲尔·强森按照父亲的安排经营洗衣店的话，那么在他的父亲去世后，他的洗衣店或许就不会存在了。即使能够维持下去，他的一生也必将在默默无闻之中度过。

我们需要面对现实，但是面对现实并不意味着胸无大志，只满足于眼前短期的收获。

我们该做的，是立足于现实，将长远利益和长远目标结合起来，既不能自高自大，又不能妄自菲薄。

梁启超曾经说过："男儿志兮天下事，但有进兮不有止。"我们每个人都不能给自己设定太多的限制，而是需要不断地前进，不断地提高自己，只有这样才能让生命之花越开越灿烂。

有一位成功人士曾经说过："我认为，世界上最大的悲剧就是有那么多的年轻人从来没有发现他们真正想做些什么。我想，一个人过早地把自己定在贩夫走卒的位子上，对生活的要求只是糊口那么简单，那就真是最可怜了。"

很多的年轻人在刚刚走出校门求职时，对未来不敢抱有太大的希望，在工作的选择上十分盲目，饥不择食。哪怕工作不适合自己，没有任何的发展前途也欣然前往。那些在校时的蓬勃野心和宏图大志早已烟消云散，那么等待他们的必将是痛苦沮丧。

刚毕业的年轻人不能习惯于眼前的碌碌无为，而是要保持一颗上进心，不断地去追求成功和卓越，这样才能实现年轻的价值。

## 3. 醒醒吧，幻想不是梦想

很多时候，有些人觉得自己有一个很神圣的梦想，但当他兴致勃勃地将自己的梦想分享给别人时，大家却摇摇头，告诉他："不要幻想了，醒醒吧！"

那么梦想和幻想之间应该怎么区分呢？

梦想是人类最天真无瑕的愿望，也是人类渴求美好事物和憧憬的本能。它是一种追求，能成为推动人向前的动力。虽然梦想与现实之间存在差距，但只要肯努力，梦想是有实现的可能的。

幻想则是指违背客观规律的、不可能实现的、荒谬的想法。人在产生幻想之后，通常会脱离实际，想入非非，每天沉浸在这种虚构的白日梦中，通过想象满足自己，逃避不尽如人意的现实。

显然，梦想与幻想有着本质的区别。梦想是与理想挂钩的，是一种既理性又浪漫的追求，有实现的价值和可能；而幻想则不同，它虽美好，但完全没有实现的可能。

如果人为了逃避现实，把幻想当成梦想去对待，长此以往，只会活在空想之中，变得更加颓靡。美好幻想一旦被现实残酷打破，人就会陷入无限的痛苦之中，无法自拔。

"我希望明天买一张去上海的火车票，然后按照计划，像安安一样生活。"刚读高一的小艺在日记本里写下这样一段话。

安安是谁呢？那只不过是小艺编撰的小说人物。

为了这个"幻想的天堂"，小艺离家从山东到了上海，一心想要变成自己小说中的"安安"。

到了上海之后，小艺发现自己完全处于一个陌生的环境，现实的残酷向她袭来，她害怕极了。这一切远没有想象中的那么美好，幻想在现实的冲击下显得那么可悲可笑。

原来，小艺从初中起就很喜欢看一些青春小说，有时候还常常把自己想象成是小说中的女主角，与之共同欢乐悲伤。

后来因为太过入迷，便开始自己写小说，常常把自己困锁在故事情节里，久久走不出来。

我们时常也会产生幻想，像小艺一样沉浸其中。

幻想自己是特别的，总有一天会从平凡中脱颖而出；幻想中彩票后的美好生活，甚至虔心期待。这些幻想让我们脱离现实的轨迹，让灵魂飘浮在虚无中。即便曾有过理想，曾付出努力，也终究会被这些不切实际的幻想吞噬，跌进虚幻的旋涡里，不能自拔。

无论你有何种梦想，都要付出无限的学习和努力。

幻想并不是万恶的，不是说不能有幻想，只是说在幻想面前要保持清醒，不让它成为人生的全部寄托，顶多只作闲余的消遣。

拒绝幻想的侵袭，就要为自己找一个可奋斗的梦想。这个梦想不是用来"说"的，而是用来"做"的。不要让你的梦想成为一闪而过的念头，而是要让它成为你人生的信条，前进的目标。

## 4.重要的是你要往何处走

世上很难有两全其美的事情，命运不会永远眷顾一个人。

那些你渴望但并不拥有的东西，会让你心生斗志，为之奋斗，使之成为现实。

梦想的力量是强大的，它可以让一个人忘记自我，摒弃一切与梦想冲突的事情。

通常这种热切的追逐会有两种结果：一是通过不懈的努力，实现了梦想，这简直就是人世间最美妙的事情。二是到最终被现实压抑得喘不过气，四处碰壁直到头破血流，梦想也未能实现，人生还是进入低谷。

时常听到周遭的朋友问："我们到底是在为自己的梦想而打拼，还是为了现实生活在被动地继续？"

其实，当梦想照进你的现实，那么心里那些过往的阴霾就会随风飘散。

心里有一个和现实融合在一起的梦想，那么这个梦想就有了它的生命。

李明读书的时候一直都很勤奋，深得老师的喜欢。他为自己设定的目标是当一名医生，为此他也不断努力。

老师们都认为像他这样的人一定会很有出息。

一天，李明看电视时被功夫巨星李小龙的那种男人气概所吸引，他觉得这才是真实的中国功夫，这给他留下了不可磨灭的印象，使他的心里久久不能平静。

那武打电影里的一招一式都让他无比着迷。

他开始收集各种关于李小龙的资料，每天忙着去买海报，贴满自己的整个房间，彻底地成了追星族中的一员。以前去图书馆研究医学的时间也用在了查阅明星资料上。

老师发现了问题的严重性，眼看着这个有大好前途的孩子就要迷失方向了，老师说道："每个人都有自己的梦想，但是这个梦想要从自身情况出发。你有着医学方面的天赋，而且你以前也为此付出了很多努力，现在眼看快要成功了，你不应该放弃。"

李明踌躇地说道："我只是将很少的时间用来追星，我没有放弃过自己的梦想。"老师摇摇头："不要忘记那个猴子摘玉米的故事，得不偿失。"

李明回到宿舍后思来想去，看着房间里满满的海报，忽然觉得这一切和他的距离是那么远，自己浪费了宝贵的时间去搜集这些海报是毫无意义的。

随后想到自己为了实现当医生的梦想，夜以继日地看书做题，那样的日子才是真正的美好。

后来，李明决定将这些东西都暂时压入箱底，因为梦想如果和现实背离，那么只会一事无成。因为一时的热情而迷失了方向，放弃自己曾苦苦努力过的一切，是多么愚蠢。

常常有人说梦想是人生的风向标，若是丢失了，那人生就会失去方向。追求梦想不能失去理智，只有这样，执着地追求才能符合实际。

## 5.出路在哪儿，走出去就有路

一个人不能解决所有的难题，我们总要和一些人为伴。

我们需要亲人，需要朋友，工作需要同事，我们的生活总是和另一些人联系在一起。梦想也是如此。

如果你是一名销售经理，那么面对客户的时候，最重要的是听客户在讲什么。因为他在叙述的过程中会透露给你很多有用的信息，你可以借此来了解他的想法。

然后你要注意对方给你的回答，这些反馈回来的信息也极为重要，通过仔细聆听你就知道他真正需要的是什么。除此之外，在聆听的过程中，你可以观察对方的肢体语言、面部表情，这些都能给你提供很好的信息。

多数人都希望自己能被倾听，希望梦想能得到支持，但又常常不愿袒露自己的内心，很难将想法倾吐出来。

梦想不是一意孤行，懂得倾诉，才能被了解，并获得意见和帮助。

古时候，有一位皇帝得到了三个一模一样的小金人。

这一天，皇帝召集大臣，将那三个小金人拿出来说："各位大臣，我知道你们个个都文韬武略，那么谁知道这三个小金人里面哪一个最有价值呢？"

大臣们对这三个长相一模一样、个头也如出一辙的小金人看了又看，反复掂量后都摇摇头说："这小金人外貌一样，重量也是一样，那么价值也是一样。"

皇上皱着眉头说："就没有一个人知道吗？"

这时一位老臣踱步来到小金人前，拿出一根稻草，将稻草放入第一个小金人的耳朵里，谁知道稻草竟然从另一边的耳朵滑落了出来，老臣摇摇头。接着他把稻草放入了第二个小金人耳朵，稻草又从小金人的嘴里吐了出来，老臣皱了皱眉头。最后，他把稻草放入第三个小金人的耳朵后，完全没有了动静。

于是老臣说："皇上，微臣认为，最有价值的是第三个小金人。"

其他大臣们都疑惑不解，他解释道："第一个小金人，稻草从另一端耳朵出来了，说明这样的人你跟他说什么，他都只是当耳旁风，左耳进右耳出，这种人表面似乎恭恭敬敬，其实内外不一。第二根稻草从嘴里掉出来，说明这种人不能委以重任，你跟他说什么，他都会四处散播，不能管住自己的嘴巴，为人不牢靠。而第三个小金人，这种人你跟他说什么，他会默默听完，然后放在心里，不会到处告诉别人，正是皇上现在需要的人。"

皇上听完哈哈大笑，重重赏赐了这位老臣。

第三个小金人的价值在于它会倾听。每个人都有自己的生活压力，也难免会碰壁，当你踌躇不前时，能找一个信赖的人来倾诉，无疑是缓解压力的一味良药。在倾诉的过程中，不但会拉近你和朋友的距离，还能使对方设身处地地为你提供建议。

在这个复杂的世界，一个人总会有无助和孤独的时候。学习上的困难，工作中的阻碍，感情上的挫败，都会让你常常自顾不暇，各式各样的事情都需要你来解决和面对，这压力如果你一个人硬扛下来，不去释放，时间一长就会对精神造成一种无形的摧残。

过度沉默是很危险的。焦虑若得不到及时开导，那就会在心里积聚起来，时间久了就会像一个不断充气的气球，随时都有爆炸的可能。所以要学会关爱自己，懂得为自己减压，懂得向别人倾诉。

相对地，我们也需要学会做倾听者，因为关爱是相互的。

## 6. 你想要的一切，都只能靠自己奋斗

很多人在追求梦想时，意气风发，冲劲十足，他们为了梦想而

拼搏、坚持、勇敢，在一次次的挫折与失败面前从不低头，终于如愿实现了心中的梦想。

可是，当梦想实现之后，他们却无所适从。

就像登山一样，花尽所有的力气到达了顶点，看到了雄伟壮丽的风景，可是在喜悦与狂欢过后，却恍惚间不知道接下来该做什么。

是啊，到达梦想的顶峰，是不是就可以休息了呢？是不是人生从此就停在了这个高度呢？

当然不是。人生就像逆水划船，停止划桨，船不会停在原地，而是会随着水流后退。在水的"捣蛋"下越退越远，使之前所做的努力全部白费。

所以，为了不让人生这艘船被水驱使，我们就必须永不停歇地摆动双桨，不断追求、不断向前。

"乒乓皇后"邓亚萍在她的运动生涯中一共获得了18个世界冠军，身高仅1.55米的她却是乒坛的"小个子巨人"，赢得了全世界的喝彩与尊敬。

按理说她的人生已达巅峰，看起来已经再没有更高的高度可以攀爬了，可是邓亚萍自己却不这么认为。

1997年，邓亚萍结束了自己的运动生涯。退役后，她不愿带着世界冠军的头衔过一辈子，觉得那些都是过去的荣耀，不能代替或覆盖以后的人生。

于是，永不服输的邓亚萍重新选择了全新的奋斗领域——静下心读书，一切从零开始。

从此，邓亚萍开始了长达11年的漫长求学之路。

刚开始，她的英语是一片空白，只能从简单的ABC学起。2001年，凭着顽强的毅力，她取得了清华大学外语系英语学士的文凭。

后又从硕士学位到剑桥大学经济学博士学位,她一直没有停止自己前进的脚步。

如今的邓亚萍已经是人民日报社副秘书长兼人民搜索网络股份公司总经理,但是我们相信,这并不是她的最后一站,她还会向着更高更远的目标前进。

永远都在奋斗的人生,才是最绚烂的。

追梦就是不断追求进步的过程。梦想没有最高点,更不是生命的终点,它只是人生前进的灯塔,照耀着你一路向前奔跑。

实现梦想后的下一步不是停滞,不是观望,更不是颓靡,而是整装待发,向着更高更远的地方前进,直至生命的最后一刻。

安于现状、不思进取的人,他生活的绿洲将被无情的沙漠一点点地吞并,直至荒凉一片。

一个懒于再创新高的人,就像一支熄灭的蜡烛,即使曾经闪耀过,但最终也只是在黑暗中独自冷却。

而一个敢于挑战自己、攀爬新高度的人,就如同那执着的爬山虎,墙有多高多宽,就爬多高爬多远,直到夏日终结。

我们每个人都应该像爬山虎一样,生命的每一刻都不停止向上攀爬。

我们要有自己的人生追求,每个目标过后,都要有以此目标为起点的新目标,向着更高的目标攀登,走向另一次成功。

实现梦想后的下一步要做什么呢?毫不犹豫,继续向前,这就是我们要做的。

社会竞争激烈,我们只有不满足于现状,不断地追求,才不至于被残酷淘汰,才能在拼搏中体现人生真正的价值。

## 第八辑

# 愿所有的辛苦，终不被辜负

## 1. 人生没有等出来的辉煌

在面对困境，遭遇挫折的时候，暗示自己：坚持就是胜利！

成功是留给有准备和坚持不懈的人的，勇敢的人总能到达自己想要的未来。

汶川地震中，年近12岁的少年在摇摇欲坠的教室中，冒着房屋随时倒塌的危险，一连抢救出好几位同学。他那临危不惧的勇气实在令人佩服，人们不由感叹：自古英雄出少年！

但为什么大多数孩子不能像他一样勇敢呢？甚至连自我保护都不会？这当中，与遗传基因也有关。

遗传学理论表明，具有冲动的胆汁质和多血质性格的人，严峻的形势会激起他们战胜困难的勇气，而黏液质性格的人却会因胆怯而犹豫不决。

这项研究表明，只有少数人天生勇敢无比。

正因为多数人的心理都极为脆弱，所以更多的时候需要信念和目标来支撑自己，变得勇敢和强大起来。

古时候，波斯（今伊朗）有位贤明的国王，想挑选一名敢于突破的官员，担当一种全新而又十分重要的职务。

国王把全国智勇双全的官员都召集起来，试试他们之中究竟谁能胜任。

国王把这些官员领到一座巨大无比的门前，说："爱卿们，你们都是既聪明又有力气的人。现在，你们看到的是我国最大最重的大门，可惜一直没有人能够打开过。你们之中谁能打开这座大门，帮我解决这个久久没能解决的难题？"

不少官员远远地张望了一下大门，只见大门厚重无比，于是就连连摇头。有几位官员好奇地走近大门看了看，但是也因为害怕推不开而退了回去。剩下的一些官员也都纷纷表示，没有办法开门。

这时，有一名官员走到大门前，先仔细观察了一番，又用手四处探摸。几经试探之后，他抓起一根沉重的铁链，没怎么用力拉，大门竟然开了。

这让在场的所有官员都为之震惊！

国王对打开大门的官员说："朝廷要职，就请你担任吧！因为你没有限于你所见到的和听到的，在别人感到无能为力时你却会想到仔细观察，并有勇气冒险试一试。"

他又对众官员说："其实，对于任何貌似难以解决的问题，都需要开动脑筋仔细观察，并大胆冒一下险，大胆地试一试。"

在生活中不乏成功的机会，就像故事中的大臣一样，因为自身的懦弱，总是感到希望渺茫而不愿意尝试，从而错失良机。

成功者与失败者之间的分水岭，有时并不在于他们之间有天地之间的差距，而在于一点小小的勇气，及时把握住了机会。

当我们跨越自己懦弱的心理障碍，勇敢地迈出那一步时，我们会惊喜地发现，原来成功的门对我们从没上锁。

生来软弱的人也可以变得勇敢，只要找到那些让人勇敢的理由。一般来说，爱可以增强我们战胜困难的勇气。如果你在困难面前徘徊不前、犹豫不决，就去想一下亲人对你的期望是什么？你是他们的骄傲吗？如果退缩，他们会失望吗？

短道速滑冠军王濛，曾一度无法忍受高强度的训练。但教练总是告诉她，想想父母，你做的一切都是为父母，让父母为自己感到骄傲！因此，王濛就增添了战胜困难的勇气。

创造奇迹需要信心，无论如何都不能退缩。信任和鼓励也是让你勇敢的理由，当你因为怯懦而感到无法坚持，试图逃避时，不妨想想那些对你充满期盼的眼睛。

懦弱就像黑夜一样，一旦出现便深不见底。而面向阳光，把阴影忘得一干二净，便不会再害怕黑夜了。

人生也是如此，很多时候，我们不是被对手打败了，而是在未与之交锋前，就先吓住了自己。

现实是残酷的，当面对困难时，不能总想着逃避，怯懦使我们成为囚犯，勇敢使我们自由，勇敢是驱散恐惧阴影的阳光，你应该勇敢面对。

## 2. 太辛苦，是你懒惰的借口

在你的身边，总有那么几个人是因为懒惰，而活得不尽如人意。在人性的弱点中，懒惰具有普遍性。

所以，当你脑海中出现了懒惰的念头，那么这时你应该给自己一个暗示：懒惰的人过不上自己想要的生活。

在每个人身上，懒惰各具特色。比如：沉迷于娱乐厅中，即便知道还有许多应该做的事也不愿立刻行动；办事总是拖拉磨蹭，拈轻怕重，重活累活让那些表现积极的人去干；缺乏行动，总是想美好的未来会轻易实现，浑浑噩噩，得过且过……

懒惰的人总是什么都不想做，因为他们喜欢不劳而获。

有一个环游世界的人，见识十分渊博，他对生活在各个不同地区的人都有着十分深刻的了解。当有人问他各个不同的民族之间有没有什么共性时，他说道："好逸恶劳乃是人类最大的共性。"

的确，懒惰是人类进步的一大顽疾。

懒惰一旦盯上了你，生活便充满抱怨和绝望。懒惰，使人不思进取；懒惰，让人们面对困难时望而却步。

多数人庸碌一生皆由懒惰所致。

一名大学生，大学四年她的学习能力还不错，于是她立志考研，可是从来没有行动起来。每天十点多钟才起床，生活邋遢，人也没有精神。如今学业、事业一无所成。

在我们的周围，这样的例子比比皆是。懒惰使人曾经的才华变成生锈的宝刀，经久不练，再也没有削铁如泥的锋芒。

尽管他们看起来和别人一样，但是他们心中对更高远追求的火苗早已熄灭，最终一生碌碌无为。

人生不怕慢，就怕站，在一个地方时间长了，就不想去接触新鲜的事物。一旦我们停止使用我们的肌肉和大脑，这些本来具备的优势和能力也会开始生疏、退化，最终离我们而去。

更为严重的是，懒惰，会使我们的神经麻木，对潜在的风险也缺乏预防和应变能力。

池塘边生活着两只青蛙，一黄一绿。绿青蛙常常会跳到池塘里捕食害虫，黄青蛙却懒得跑，它常常躲在池塘边闭目养神，并因此嘲笑绿青蛙起早贪黑的辛苦是没有必要的。

一天，日头都升起很高了，黄青蛙还在草丛中睡大觉，突然听到喊声："老弟，老弟。"

它懒洋洋地睁开眼睛，发现是田里的绿青蛙。

"早晨露水黏住小虫的翅膀，让它们飞不起来，正是我们捕捉它们的好时机，你却睡大觉，不吃早餐了？"

"嚷嚷什么，池塘中有的是食物，我不担心。"黄青蛙回答。

可是，没几天，池塘的水被用来浇地抽干了。

黄青蛙睡懒觉习惯了，起不来，早晨只好忍饥挨饿。可是，黄青蛙还在等，它知道老天会有下雨的时候，不愁池塘没有水。

绿青蛙好心地邀请黄青蛙搬来跟自己一起住，绿青蛙说道："到田里来，我们不仅每天都能吃饱，还能远离危险。"

池塘边的黄青蛙不耐烦地说："干啥那么费心费时地搬到田里去住？我才懒得动，搬家可不是那么容易的。"

绿青蛙无可奈何地走了。几天后，当它再次去探望黄青蛙的时候，却发现黄青蛙早已被过往的车辆碾死了。

这个故事提醒我们，好逸恶劳是一种堕落的、具有毁灭性的行为。可以说，生活中的很多灾难与不测都是因为懒惰这个人性的弱点造成的。

不可否认，随着人们生活水平的提高，人们越发变得懒散了。

有些人小有所成后，就会因满足而止步不前，站在原地而不是奋勇前进。适当的休息是必要的，但若任由惰性蔓延，身心都会变得颓废消极，心如死灰，锐意进取的激情会离自己远去，从而步入平庸的人生之列。

富兰克林说过："懒惰像生锈一样，比操劳更消耗身体，经常用的钥匙是亮闪闪的。"无论对于个人还是民族而言，社会如果惰性成风，就没有希望获得进步和长足的发展。

有些人总想不劳而获，整日里盘算着不属于自己的东西。可见，懒惰在怎样地折磨着人的心灵，腐蚀着社会和生活。可想而知，懒惰的人怎能成为对家庭、社会有用的人才呢？

更危险的是，懒惰还会引发疾病。

那些懒散的人，连走路都拖拖拉拉。

正是因为懒得运动，身体才会每况愈下。冠心病、中风、高血压、糖尿病、骨质疏松症、肥胖症、结肠癌以及乳腺癌等八种大病的患病风险都会因为懒惰而大大增加。

如果你想拥有健康的身体，如果你想实现理想，想成为对家庭、对社会有用的不平庸的人，就一定要有决心，摒弃懒惰的恶习。

虽然克服懒惰并不容易，但只要坚持时时警醒自己，以强大的意志力坚持勤奋，那么，你渴望的灿烂的未来就会不日到来。

## 3. 你会痛苦，只是因为太嫉妒

为什么他比我有钱？

为什么她比我漂亮？

我们总是能听到嫉妒的声音，殊不知，这就是我们的痛苦之源。

法国作家大仲马说过："人生是一串由无数小烦恼组成的念珠，乐观的人总是笑着数完。"任何梦想都能靠自己的努力去实现，何必嫉妒他人的成绩呢？

关于嫉妒，哲人们对它有过很多深刻的论述，我们发现没有一个评价是积极的。

斯宾诺莎说："嫉妒是一种恨。"

耶和华说："要向智者学习，而不是嫉妒；要做强者，就要学会虚怀若谷，宽容待人，直至化敌为友。"

雨果说："凡是嫉妒的人都很残酷。"

许多思想家、哲学家、文学家、诗人都谈过嫉妒，认为它只会带来痛苦。但丁说它是"灾星"，培根称它是"恶魔"，安提斯德更称之为"腐蚀剂"，艾青比喻它为"心灵上的肿瘤"。

有一只老鹰，总嫉妒别的老鹰飞得比它高。于是，它找来猎人，对猎人说道："请你帮我把天上飞得很高的老鹰都射下来吧！"

猎人回答道："你给我一些羽毛，我就可以帮你。"

老鹰毫不犹豫地从身上拔下几根羽毛递给猎人，但猎人并没有如它所愿射中天空中高飞的老鹰。接着猎人每开一次枪，就跟老鹰索要几根羽毛，最后，老鹰把身上羽毛几乎快拔光了，猎人也没有射下一只老鹰。

而此时这只几乎没有羽毛的老鹰已经丧失了飞行能力，猎人毫不费力地抓住了它，做了一顿美味的晚餐。

这个故事说明一个道理：嫉妒不仅害人，更会害己。

嫉妒之心人人都有，这是可以理解的，而把嫉妒当成生活的全部就不值得了。

有人请教亚里士多德："为什么心怀嫉妒的人总是心情不快呢？"亚里士多德的回答是："因为折磨他的不仅是本身的挫折，还有别人的成就。"

嫉妒终究不是好事，常把它藏在内心，不愿承认，将会整日处在害怕被揭露的焦灼不安和痛苦中。

人若被嫉妒支配，将会忘记自己最初的愿望，对别人每一次的成功，都恨得咬牙切齿，内心也会处于极度压抑的状态。

嫉妒者总是把自己的心思用于窥探他人的"隐私"，整日寻找别人的挫折和失败。不断进行这种毫无意义的消耗，活得不累吗？

嫉妒成疾，将严重损害身心健康。

有一个嫉妒心很强的人遇见上帝。上帝告诉他："我可以满足你任何一个愿望，但前提是你的邻居会得到你愿望的双倍报酬。"

这个人一开始高兴不已，但一想到他如果得到一座豪宅，他的邻居就会拥有两座豪宅；他如果拥有一位绝色佳人，他的邻居就会有两位如此的美娇娘。

他想来想去，不希望他的邻居平白无故地拥有这么多美好的东西。最后，他一狠心，说道："请挖掉我一只眼珠吧！"

嫉妒使人失去理智，宁可自我伤害，也要使别人不能拥有。

那如何对嫉妒心进行调控呢？

首先要防止自私心泛滥，从"小我"中解放出来，以大局为重；其次要对自己有正确的认识和评估，看清自己的优势和不足；最重要的，是要把嫉妒化为前进的动力，通过自己的努力，不断地提高自己，缩小和对方的差距，甚至赶超对方。

生命只有几十年，好好生活，是对生命最大的尊重。少一分嫉妒，多一分宽容，活得坦然而恬静，温柔而朝气，就是生命中最重要的事。

## 4. 纵使你是秦始皇，也不要想建设阿房宫

贪婪的人总是不明白，适可而止，才不会越陷越深。

比如，赌徒不论输赢，总是不愿意轻易离开。因为赢的人总想赢得更多，输的人总想翻回本钱，而结果往往都令人不满意。

秦始皇一统天下，让万民臣服。

按理说，成为九五之尊，他应该满足了，但欲望偏偏没有尽头。为了满足奢欲，他大兴土木，建阿房宫，修骊山墓，所耗民夫竟达70万人以上。

据记载，阿房宫的前殿东西宽达700多米，殿门全都是用磁石砌成的，目的是防止来人带兵器行刺。除此以外，单在咸阳周围就建造了宫殿270多座，关内行宫300多座，关外400多座。

据估算，当时服兵役的人数远远超过200万，占全国壮年男子人数的1/3以上。

这样庞大的工程造成了"男子力耕，不足粮饱，女子纺织，不

足衣服，竭天下之资财以奉其政"的悲惨局面。民不聊生，百姓们过着"衣牛马之衣，食犬彘之食"的痛苦生活。

正是因为秦始皇的穷奢极欲，导致他的万世皇帝梦仅维持了短短的十几年。

睿智的人懂得，功名利禄只是过往云烟。名誉和财富只是装饰，善良与邪恶才是人们的真正面目，只有品德高尚之贤人才能心念与行为一致。世人总沉溺于缥缈的名声和空虚财利之中，谈话办事虽然循规蹈矩，却不出于自己的真心实意。

人有追求是积极上进的表现，合理的欲望更是人性天然的一部分。人的客观需要是有限度的，但欲望却可以无限膨胀，当它超越了生命个体的客观限度，发展到无边无际，也就违反了天然，恐怕只能落得迷惘和悲哀。

总之，人的欲望不能过多，我们应该学会克制自己。任其泛滥就会使人沦落贪婪，想拥有一切，想征服一切，结果往往是事与愿违。

小肥羊火锅店成立后，立刻在市场上大受欢迎，吸引了大量的加盟商。当时小肥羊的加盟模式是先找一个单店作为一级加盟商，在打开市场后，继续吸引其他的单店加盟。

想要加盟的商家要向一级加盟商申请，各地单店的店主要对一级加盟商负责，总部对一级加盟商负责，这样的方式很快就扩大了小肥羊的经营范围，令小肥羊迅速壮大起来。

但伴随而来的问题是，这样对加盟商的把控不严格，令小肥羊各地的店水平参差不齐，而且总部和单店之间的联系也不紧密，造成了各种矛盾。

在小肥羊飞速发展的当口，是要继续快速发展，还是停下脚步整顿一下，成了小肥羊老板认真考虑的一个问题。

最后小肥羊的老板决定不再接受加盟商的申请，在内部进行大刀阔斧的调整，对于那些业绩不好的加盟商，小肥羊一律收回。

并且为了保障小肥羊的品质，将小肥羊的加盟店从 700 多家缩减到了 300 多家。

小肥羊老板虽然缩减了规模，但小肥羊的营业额却是只增不减。

其实，贪心不足蛇吞象，当贪心得不到满足时人会丧失理性。对于商人来说，丧失理性就等于将企业送上风口浪尖。非理性的投资会给企业带来不可扭转的危机，稍不留神，企业都有破产的可能。

所以，商人一定要克服贪婪的心理。

那么，怎么克服贪婪的心理呢？首先要保持冷静的头脑，然后要克制冒险的冲动。不可想着在险中取得更大的利润。

为此，投资专家沃伦·巴菲特说："在别人贪婪的时候恐惧，在别人恐惧的时候贪婪。"这样企业才能在别人畏首畏尾的时候抓住机遇，在同行"头脑发热"的时候规避风险。

当然，克制贪婪并不是固守原地不发展，保持合适的发展速度对于一个企业来说是必要的，也是企业做大的重要路子。

所以，企业的决策层一定要意识到，追求发展，但不要过分追求规模。一定要在自己企业能承受的范围内扩大规模，让企业花的每一分钱都带来相应的利润。不然，就不要随意扩大规模，更不能急功近利，丧失了市场判断能力。

对于企业来说，能否把企业做大，并不是判断领导者能力高低的标准，而在外部环境十分复杂的情况下，能带着企业在稳中前进才是一种大智慧。

每个人都有欲望，但并非每个人都认识它，了解它。欲望与现实之间存在着巨大的差距，往往永远无法逾越。

人在旅途，功名利禄只是一种身外之物，只要我们努力生活，真实地面对我们所拥有或将要拥有的一切，你会发现，能满足一个人的可以很多，也可以很少，只是人的心境问题。

## 5. 心若浮躁，无处安宁

浮躁是一种不健康的心态，如今已经遍布社会的各个角落，成为现代人的一种通病。

人一旦浮躁了，内心的各种欲望就会蠢蠢欲动，使人很难平静下来。终日处在这样的应急状态中，脾气会变得暴躁，神经会紧绷，于是抱怨不断，最后往往会导致自己被生活的急流所裹挟。

2005年7月，很多阿里巴巴的出口企业用户几乎同时收到了一份匿名或者号码不确定的传真，传真上写着：阿里巴巴是在为造假产业提供全面服务。

这份传真说得有鼻子有眼，上面宣称美国"国际反伪联盟"发表的白皮书推荐把阿里巴巴列入"特别301黑名单"，希望能够对阿里巴巴进行严惩。

这一份传真如一石激起千层浪，一时间引得众说纷纭。

面对如此的诽谤和恶意中伤，阿里巴巴方面拿出证据，证明阿里巴巴根本没有被"国际反伪联盟"列入"特别301黑名单"。

他们发表声明指出："这是一个被某些竞争对手公司幕后操控的不正当竞争行为，阿里巴巴不排除追究其法律责任的可能。"

面对对手的恶意中伤，马云并没有当下做出回击，而是采取种种措施提高网站信息的真实性和合法性，用正当向上的手段给这一子虚乌有的中伤以最有力的反驳。

马云不去与竞争对手逞一时之快，而是忍下这口气，努力提升阿里巴巴的诚信度和业务水平，用事实说话，告诉所有人，阿里巴巴从来都不是一个为造假产业提供服务的公司，阿里巴巴一直做着正当的生意，用正当的手段为广大网民服务。

在阿里巴巴的一番努力下，在有关部门为阿里巴巴提供证据并予以澄清后，大家重新恢复了对阿里巴巴的信心，对流言不再理睬。

马云认为，任何企业在竞争中都应该遵守基本的商业法则，靠实力说话，进行恶意竞争的企业是不会长久的。

作为被恶意竞争伤害到的企业，也不要生气动怒，恶意回击过去，清者自清，总有一天能够证明自己。如果因为报"被伤害"的仇，纠缠在恶性竞争的旋涡中，实在是得不偿失的做法。

小小的忍耐并不是对竞争对手的胆怯，而是给自己留出时间，留出空间，积攒力量，给对手最有力的一击。

急功近利是现代很多人的通病，为了一点小利就心浮气躁，最终一事无成。反倒是那些能够潜心提升自己，为了实现理想甘愿忍受枯燥辛苦的人，最终能成大事。

俗话说："欲速则不达。"人们无论做人还是做事，都应该一步一步来，踏踏实实地干，才可以开创新的局面。反之，如果让浮躁占据着思维，那么久而久之头脑会失去清醒，无法稳步前进。

浮躁是一种不可取的生活态度，在工作上眼高手低、敷衍了事，在学习上一知半解、囫囵吞枣，终会耽误自己的前途。

只有拭去浮躁才能脚踏实地、循序渐进地把事情做好。正如那句俗语所说的："劝君做事要专心，心安勿躁好成事。"

古时候，有个叫养由基的人，箭术非常高明。

有个年轻人非常仰慕他的箭术，一心想拜他为师。养由基经不住年轻人的再三请求，于是就收下了这个学生。起初，养由基并没有直接教他射箭，而是交给他一根很细的针，让他放在距离眼睛几尺远的地方，然后整天盯着这根针的针眼看。

年轻人按照养由基的要求去做，两三天后，他便忍耐不住了，问养由基："我是来学习箭术的，不是来看针眼的。您什么时候才能真正教我射箭啊？"

养由基回答道："你现在所做的事情就是在学习箭术，你继续练习吧！"

年轻人又坚持这样做了几天，可是几天后，他再次变得烦躁不安，心想："天天看针眼能看出什么来？我看他就是在敷衍我，他也只是徒有虚名罢了。"

后来，养由基又教他练习臂力的方法，让他伸直手臂，然后在手掌放一块石头，这个动作要坚持一天。

年轻人不明白养由基的用意，抱怨道："我是来学习箭术的，为什么让我端石头呢？"他心里非常不痛快，不愿意再练下去了。

养由基看出了他的心思，就任由他去了。最终这个年轻人也没有学好箭术。

其实，这个年轻人如果不好高骛远，脚踏实地，甘于从点滴做起，那么他最终有可能成为一名射箭高手。但是，他抱着急功近利的态度，没有坚持训练，因此没能学到精湛的箭术。

从容生活，这才是人生的最高境界。

遇到困难的时候，切记不要心浮气躁。任何困难都只是我们生活的一部分，如果我们能认识到这一点，就会明白困难根本不能阻挡幸福的到来。

人在心浮气躁的时候是很难成事的,拭去浮躁,保持一个好心情,做起事情来才能得心应手,才能获得幸福和自由。

## 6. 心若冷漠,何来光明

故事书里有这样一个童话:

小女孩看到一只蝴蝶被荆棘弄伤了腹部,无法动弹,于是她小心翼翼上前帮它把刺拔出,让它能够重新飞翔。

后来,蝴蝶为了报答小女孩,化成了仙女,对小女孩说:"你许个愿吧,我会帮你实现!"

小女孩许愿说,希望快乐地度过一生。后来,她果然快乐地度过了一生。原因是仙女告诉了小女孩一个秘方——力所能及地帮助你身边的每一个人。

帮助别人需要付出自己的时间和精力,对于自私自利的人来说,助人就是给予,无论精神还是物质,都将是一种失去,怎能谈得上快乐呢?

然而,助人是一种心灵的享受,在别人感激的回眸一瞬,你会感受到一种幸福的满足感。

那些自私自利的人,之所以感受不到生活的幸福感,多半是因为他们不顾他人和社会的利益,只计较个人得失,体会不到他人的快乐。结果,他们永远也得不到别人的帮助与关怀,自己也生活在冷漠、孤寂的生活中。

选择什么样的路，就会有什么样的生活。

有些人将自己的路越走越窄，完全是由自私造成的。他们缺乏起码的仁爱之心，不懂得关爱，美好的东西不能与他人分享。

有一颗乐于助人的心，那么人与人之间的相处就会变得融洽与温馨。

美国南方的一个小镇连日来大雪纷飞，使得镇长家花园外的一条道路泥泞不堪。因此，来往的行人便改道从花园中通过，把花园弄得一片狼藉。

镇长的儿子看到后十分痛心，他不忍花园被如此破坏，于是冒着大雪在花园外看守着花园，不让行人从花园通过。

镇长看到此情景后，不动声色地拿着石头和炉渣，把那条泥泞的小路铺好。于是行人不再穿过花园，而走那条铺好的小路。

过后，镇长对儿子说："要想帮助自己，首先要帮助别人！"

其实，帮助别人就是帮助自己，关心别人也就是关心自己。在互相帮助、互相关心的社会里生活，将是一种莫大的快乐和幸福。

因为，愿意帮助别人说明你有爱心，能帮助别人说明你有能力。在助人中展现出自己的价值，难道不令人感到满足和愉悦吗？哪怕只是举手之劳的奉献，于他人而言都是一片暖暖的关爱。

在汶川地震中，许多学生给灾区儿童寄去红领巾和国旗，鼓励他们坚强勇敢。仅仅是简单的问候和鼓励，也足以温暖人心。

帮助别人的同时，我们的胸怀也变得更加博大。

我们的境界得以提高，不再只关注自己的蝇头小利，不再生活在自己的狭小天地中。曾经阴暗自私的心灵也会被滋润、被照耀，会变得温暖如春，会感受到双倍的快乐和幸福。

帮助是相互的，在你有困难的时候同样需要帮助。

回眸五千年中华文明，助人为乐的道德传统源远流长。综观西方社会，助人为乐同样为人们所倡导。那些被人们所称道的人物，他们都有一个共同的特点，就是把助人当成人生最大的快乐。

　　感动中国人物丛飞，曾是一名没有稳定收入的自由歌手。在他那五十多平方米的简陋家里，没有一件值钱的家当，衣柜里的衣服都是三五十元的便宜货。但是，他仍节衣缩食，削减家用，供养一百多名贫困生、资助几十名残疾人和孤儿。

　　丛飞说："我不能成就一个世界，但我要尽我所能成就这些孩子。"丛飞选择这种生活方式，是因为他这样做感到心灵是充实和快乐的。

　　现在，不论是在普通人还是身家过亿的富翁当中，公益活动都已蔚然成风。

　　我们知道，企业家都看重利益，可是，当今许多企业家热心慈善事业，不论是世界巨富比尔·盖茨，还是中国香港的李嘉诚，他们都在奉献爱心中实现了人生的另一种价值。

　　奉献爱心让他们步入了人生的新境界、新天地。

　　不论是贫穷的人还是富裕的人，付出爱心、力所能及地帮助他人就是自己最大的快乐。在这种互助的关爱中，人们的心灵得到净化，人际关系变得更加和谐，社会也变得更加美好。

　　助人为乐是一种美德，相信，这颗爱心种子到处播撒，定能融化那些自私的人如冰块般冷漠的心。

## 第九辑

## 世界不曾亏欠每一个辛苦拼搏的人

### 1. 困难中斗志高昂，才能在黑暗中看到曙光

爱迪生说过："要战胜厄运，首先要战胜自己的软弱。"其实何止是在遭受厄运的时候，在任何状况下，我们都需要准备战胜自己。人的一生之中，最难的事情其实也就是这一件。

从前有一个人，他觉得世间数自己的力气最大，到处找人挑战。

有时候他还会把寺庙里的一尊大佛扛下来放到街上，让来往的车辆过不去，直到车主向他求饶，承认他力大无穷，他才会满意地把佛像从路中间移走。

突然有一天，来了一个气力也很大的外乡人，听到人们纷纷议

论这个大力士不断地给周围的百姓制造麻烦，所以决定和这个人比试一下，让他以后不敢再这样猖狂。

大力士接受了外乡人的挑战，两个人摆了擂台，迎来无数前来观战的人。他们虽然都希望外乡人能赢，但深知大力士并不好惹，所以都在心里暗暗替外乡人捏一把汗。

比赛开始，大力士举起了两只铜质的大鼎，一手一只，每只鼎至少有五百斤重。大力士举着两只鼎在擂台上走了一圈，重新把它们放回原处。虽然他流了一些汗，呼吸也稍微有些急促，但是体力很快就恢复了，果然足够勇猛！

而外乡人却将两只铜鼎摞在一起，单手就举了起来。刚一举起来，台下就传来人们的一片惊呼。不光如此，外乡人先将两只鼎用左手举，随即换到右手，并且在擂台上边换手边走，足足走了有五圈。

胜负已定，那个大力士输了。大力士不甘心，可是自己的力气明显没有这个外乡人大。他急得不知道该说什么了，最后竟然冒出一句："有能耐你把你自己给举起来！"

是的，外乡人力气再大，也不能把自己给举起来。

大力士虽是在强词夺理，但是他的话如果细细琢磨，也颇值得玩味——无论一个人有多么强大，他最难战胜的还是自己。

难以战胜不等于不可战胜。能战胜自己的人，才能成为一个真正的强者。

战胜自己，就要和自己的缺点做斗争。每个人都有缺点，关键是能不能认清并通过努力加以改正。

比方有的人比较懒惰，那就要让自己勤快一点，可能就因为改变了这一点，就受到了老板的赏识，从而被提拔，又是表扬又是加薪。

再比方有的人比较软弱,那就要锻炼毅力,让自己变得刚强,从而在再次遇到困难的时候不会再打退堂鼓。可能就是因为这一次没有退缩,就在勇往直前的拼搏中得到了属于自己的一片天地。

面对艰难困苦的时候,我们更应该战胜自己。与其抱怨上天不公,还不如自己咬紧牙关不懈奋斗。因为就算你抱怨上天一百次,命运也不会因此而好一点,只有真真切切地努力才能改变自己的命运。

不劳而获不能取得成功,只有通过奋斗才能够获得成功。即便是偶有机会不劳而获一些东西,也是不牢固的,说不定哪一天就会失去更多。只有通过自己的付出得到的果实,才不会轻易地溜走。

老子说:"胜人者有力,自胜者强。"没错,能战胜别人的人只能算有力,而能够战胜自己的人,才算是真正的强者。

总之,要战胜自己,就要认识自己的缺点。

在困顿当中不灰心丧气,让自己保持一个沉稳冷静的心态。这样,才能够从容面对人生中的各种不尽如人意的未知。

战胜自己,拥有积极的心态,在困苦之中始终保持昂扬的斗志,就能从自己经历的每一次黑暗中看到光明,从每一次损害中看到机遇。

## 2. 摊开手掌,看清自己独一无二的掌纹

著名的国学大师季羡林先生在总结自己的成功经验时,将自信视为最重要的因素。他这样写道:自信+勤奋+机遇=成功。无论遇到什么逆境,都要从容面对,勇敢挑战。正视失误,相信自己

的价值，就一定会在跌倒的地方爬起来，最终采摘到成功的鲜花。

其实，他是在告诉我们：在前进的道路上无论遇到了什么困境，要时刻记住，不能失去作为一个人的价值。只要坚持，就能从痛苦中走出来，拥抱成功的喜悦。

每一个人，都有巨大的价值和潜力，但是能够清楚认识到这一点的人却并不多。在生活中，没有一个获得成功的人在最初认为自己是毫无价值的。

每个人都是无价之宝，我们要欣赏自己如同欣赏钻石一般，这样才不至于使自己在困境面前痛苦和沮丧，才不至于使自己在贫困线上挣扎而死。

世界著名的推销员乔·吉拉德喜欢在衣服上佩戴一个金色的"1"字。有人曾经问他："这个字是不是表示自己是世界上最伟大的推销员？"他回答说："不是的。因为我是我生命中最伟大的！"

乔·吉拉德一直认为，这个世界上自己就是自己最大的财富。其实，他这种自我肯定的坚定信念来源于他的生活经历。

35岁的时候，乔·吉拉德还是一个彻头彻尾的穷光蛋，他甚至连自己的妻子和孩子的吃喝问题都很难解决。但是，一次偶然的演讲会改变了他的命运。

在演讲会上，一个演讲者拿出一张崭新的十美元钞票，向坐在前排的乔·吉拉德问道："你想得到这张十美元吗？"他当即就举起了手臂说："想要！"

演讲者又说："我会将这张十美元给你的，但是在给你之前我一定要将它揉皱。"接着问他："你还想要吗？"

乔·吉拉德又一次高高地举起了手臂，并坚定地说道："要！"

"好吧。"演讲者说着，将那张钞票丢到地上，用脚使劲踩过后，再次捡起来，钱已经变得又皱又脏了。

"现在你还要吗？"演讲者又问他。乔·吉拉德又坚定地举起了手臂，仍然说："要！"

"好啦，不管我如何虐待这张钞票，你仍然想要。因为你也知道它虽然表面上看上去很脏，但是它的价值没有减损，它依然还值十美元！"演讲者对他说。

乔·吉拉德当即就明白了，再糟糕的事情也不能使自己的价值打折扣，除了自己看不见自己的价值。此后，他不停地向成功靠近，最终成为"世界上最伟大的推销员"。

生活不会总一帆风顺，这时候，我们可能会灰心丧气，可能会顿时觉得自己一文不值，但是实际上，无论发生了什么事情，我们从来都没有失去自身的价值。

只要勇于肯定自己，以坚定而乐观的态度去面对一切困难险阻，你的内心便会再次充满梦想，便能再次创造巨大的辉煌。

联合保险公司董事长克里蒙·史东自幼丧父，他从小便懂得外出打零工来补贴家用。

有一次，他走进一家餐馆准备向客人推销报纸，却被餐馆的老板赶了出来。但是，史东却根本没有在意老板的态度，而是一心想着怎么能够再次进去卖报。

于是，趁着餐馆老板不注意，他又一次溜了进去。结果他还是被老板发现了，餐馆老板一气之下在他身上狠狠地踹了一脚。

史东二话不说爬起来，揉了揉屁股，继续拿起手中的报纸叫卖起来。客人看他勇气十足，便纷纷劝老板给他行个方便。

最后，虽然被打骂和嘲笑了，但是报纸全部都卖出去了。

史东从小便有极强的进取心，遇到困难从不唉声叹气，也从不叫屈。他不会轻易说放弃，一旦确立目标后便会勇往直前地努力。

在中学的时候，他就开始投入保险行业，刚开始时遇到的困难与自己当年卖报的情况一样。但是，他经常安慰自己说："我是最棒的，反正做了又没什么损失。"然后就会立马去行动。

于是，他便鼓起了勇气，一次次地走进城市的一间又一间的办公室中。终于，他卖出了一份又一份的保险。

22岁那年，他成立了一家自己的保险经纪公司。开业的当天，他在大街上卖出了第一份个人保险。接着，他不断刷新自己的纪录，甚至创下过平均4分钟交一份保险合同的纪录。

克里蒙·史东的成功来自他勇于在磨难和挫折面前自我肯定。

在这个实力决定境遇的时代，抱怨别人不够重视自己之前，一定要先审视一下自己究竟有多少能力，有没有及时肯定自己的价值，有没有在跌倒之后再站起来的决心和勇气。

不管境遇如何变迁，只有不轻易否定自己的人才不会败下阵来，才会得到重视，终被鲜花和掌声萦绕。

克里蒙·史东说："要祛除失败的痛苦，就一定要学会肯定自己并感谢磨难。"倘若我们失败之后并不是怨天尤人，折磨别人和自己，而是用自己的意志力去掌控命运，绝对可以使自己的人生再度光明。

肯定自己的价值，然后才能发出钻石的光芒。

逾越这道难关以后，我们就能深刻体会到那种"泰山崩于前而面不改色"的淡定，那是一种"人生如逆旅我亦是行人"的超然，生命从此无拘无束悠然自得。

## 3. 衣珠历历分明，只管伶俜飘荡

　　国学大师钱穆在其《人生十论》中说："每个生命都是圆满的、纯真的，这就是佛教中所说的'如来藏'。如来藏的意思是从娘胎里面所带来的觉悟性，但是世人却不知道这个觉悟性的可贵，一味地向外处去寻找，最终使自己长久地处于迷惘之中，不知所向。"

　　他的意思是说，每个人自身都是一座取之不尽、用之不竭的宝藏，它就存在于人的本性之中。只不过迷惘的人觉悟不到自己的富有而已，不知晓亲自动手去挖掘，反而一味地向别人乞讨。

　　就好比我们在做学生的过程中，刚开始时需要老师去指引，老师一旦把方法教给你后，剩下的就要靠自己的领悟能力去寻找答案了。

　　如果你一味地指望老师的指导，不懂得去自我审视，主动地去开启自己的智慧，那么，内心定会迷惘。

　　一个衣衫褴褛的乞丐在路边靠行乞生活了三十多年。

　　一个陌生人经过，这个乞丐就机械地举起他的行乞杯子，可怜兮兮地说："行行好，给点儿钱吧。"

　　陌生人摇头道："我没有钱，也没有什么东西可以给你。"然后看看他的身后，便问道，"你坐着的箱子里是什么东西呢？"

　　乞丐回答说："从我记事起，我就一直坐在它的上面，只当它是我的一个板凳。"陌生人问道："你没打开过箱子吗？为什么不打开看看里面是什么呢？"

乞丐疑惑道:"一个破木箱子里能有什么呢?"

陌生人坚持道:"打开看一看吧!"

乞丐这才试着慢慢地打开箱子。令人意想不到的事情发生了,箱子里面装满了钱物。

乞丐行乞三十多年,人生过得极为悲惨。如果他能用一点点的时间来审视自我,审视自己拥有的东西,也就不会迷惘地在人群中行乞了。

芸芸众生何尝不是如此?因为不懂得去审视自己,所以才让内心的迷惘遮掩了心智,从而失掉本心。然后,又让自己忙忙碌碌、糊里糊涂、穷困潦倒地奔波在人生的道路上。所以,我们要审视自身的本心、本性,发掘自身潜藏的无穷智慧。

有这样一则故事:

曾经在少林寺里生活了六年的王宝强,因为梦想,就决定走出少林"闯荡江湖"了。他从师兄的口中得知很多师兄弟都去了北京做武打替身,可以拍电影,还可以和很多大明星接触……

被外面五彩缤纷的生活所吸引,也被心中的梦想所牵引,于是,王宝强来到北京,开始了所谓的"北漂生活"。

像王宝强这样没有什么学历和文凭的人,在"北漂"中注定会很艰难的。回忆起那段艰难的生活,他说:"那时候住的是平房,屋子很小,夏天非常拥挤,五六个师兄弟挤在一个炕上。不过房租很便宜,一个月100块,每个人每月也就20块钱的租金。"

可是,空有一身好武功是没有多大用处的,要有戏演才能维持生活。实际上,只凭当替身的那点拳脚费,几乎无法维持生活。于是,那个时候的王宝强,几乎兼有"替身"和"民工"两种身份。

王宝强没有被这些艰难所击倒,不管多难,他都咬紧牙关坚持着。接下来的两年里,他忽然和家里失去了联系。在一次访谈中,王宝强的哥哥说:"他到了北京忽然和家里失去了联系,信也没有,电话也没有,差不多将近两年的时间,妈妈想他都快得病了。他忽然有一天打电话回来,说自己得了大奖,我们都还不信呢……"

王宝强的确曾经和家里失去过联系,他说:"那个时候没有钱,就没打电话。而且也不想打,没混出个人样,觉得没法跟家里交代。"

就在那样孤独、艰难的岁月里,王宝强一面做"武替",一面做民工,才勉强维持了自己的生活。

很多师兄都劝他:"宝强,咱回去吧。你说咱们武功一般,长得也不好看,还没什么文化,哪有导演愿意要咱们这样的。"

可是,倔强的王宝强就是不肯认输,抱定了"再难也要坚持下去"的信念,坚决要留在北京打拼。

不知道是不是因为他"愚公移山"的精神感动了上帝,好运终于飘然降临了。

李扬导演相中了他,电影《盲井》中的优秀表演让他一举成名,并荣获了当年金马奖最佳新人奖。

随后,冯小刚导演找到了他,他和众多影帝影后加盟了《天下无贼》。那个憨厚的"傻根"让人们一下子记住了他的名字。

很多人认为王宝强是因为运气好才跻身演员行列。可是王宝强却说,我并不是幸运的一个,能够有今天的成绩,是因为我一直没有放弃,尽管日子很难过,但是我一直都在认真地过好每一天。

如佛家所云:"衣珠历历分明,只管伶俜飘荡。"因愚昧而忘却了自己原本珍贵的"衣珠"是人生极大的迷惘,它使原本自足的人生产生了众多的缺憾。

我们只有认识到生命中原本具有的"衣珠",勇于开启自己的智慧，主动体察自身，才能使生命结束迷惘，获得圆满自足。

如果一个人连自己是谁都不知道，连自己存在的价值都不确定，又将如何继续创造幸福的生活呢？

## 4. 生命是天赐的珍贵礼物，要珍惜

生命，是一个严肃的话题，永远也不可能轻松地被人们谈起。在生命这个偌大的领域里，我们的知识面太窄，自以为是地去谈及这些深沉的问题，往往只会让自己相形见绌。

生命是我们一切价值观的前提，是对一切未来期许的基础。如果一个人连自己的生命都亵渎，都不尊重，那他对其他所有的一切都不会看在眼里。

每个人都没有伤害自己的权利，当你有这种想法的时候，不妨想想养育你长大的亲人。

在这个物欲横流的社会，人们以压力为借口寻求精神的解脱，在形形色色的诱惑面前自我放纵。

正所谓玩物丧志，贪图一时的快活，是对生命最大的不敬，生命随之将会给出残酷的惩罚。我们努力去让自己过得更好，但是不能一味地贪图享乐，要理性地听听生命真正需要的是什么。

当生命全部被用来满足欲望，从另一方面来说，这是对生命的一种蔑视。

"人固有一死，或重于泰山，或轻于鸿毛。"每个人都会选择自己对待生命的不同方式，有人在人生的最后一刻留给了世界自己

最美丽的背影，留给自己一个最完美的句号。

而那些不尊重自己生命的人，那些亵渎自己生命的人，死后不会有人怀念他，也许在茶余饭后轻轻感叹一句，斯人曾经的无知。

轻视生命的人，不配得到关爱。

因为当他亵渎生命的时候，忘了自己身上背负着的不可推卸的责任，这责任可能是一个儿子或女儿对父母赡养的责任，也可能是一位母亲或父亲对家庭、对孩子的责任。他们忘记了母亲十月怀胎的辛苦，忘记了数十年如一日的关爱，忘记了当初"执子之手，与子偕老"的海誓山盟。

所有一切，都因为肆意的自我伤害而戛然而止。

对自己不负责任，就辜负了好时光。

一个身患重病的年轻女孩，孱弱的身体一次次将她拖入绝望的边缘。她总是孤独地看着窗外那些凋零的树木，想着自己将如同这些失去生命的落叶，没有选择地死亡，化为尘土。

她每天都这样想，病情越来越严重。

有一天，病房住进来一位老人，他看着女孩整日愁容满面就问她："你还这么年轻，为什么要这样轻易地放弃生命呢？"小女孩看着窗外的落叶说："那些落叶还是要死去的，谁都阻止不了。"

老人摇摇头不再说话。小女孩每天都会看窗外的叶子，当树上的叶子越来越少时，小女孩的身体也越来越弱。

那天夜里下了一场大雨，小女孩彻底绝望了，树上的叶子所剩无几，已经经不起这狂风暴雨了。

可是令她惊讶的一幕出现了，她看到树枝上长了好几片绿油油的新叶子，那么生机勃勃，小女孩忽然感叹生命的神奇。

这时，女孩身边的老人开口说道："虽然每个生命最后都会走到终结,但是这个过程是漫长的,我们可以好好享受生命带给我们的一切美好,生命不容亵渎,那是一件严肃的事情,尊重生命也是在尊重自己,只有尊重生命善待自己了,你的生活才会出现另一番光景。"

女孩这时忽然大彻大悟。她不知道那些绿叶子是老人求人用细细的线绑在树上的,其实这些已经不重要了,因为女孩从那天起就开始积极配合治疗,后来终于健康出院。

对生命负责才是一切责任的根本。

想想看,生命若不在,曾努力过的一切也都将不复存在,因为没有其他任何人能代替你活在这个世上。

一个无法对自己负责任的人,带着浑浑噩噩混日子的生活态度,还能期望他对什么人抑或什么事情负责任呢?

要记住:对自己生命最大的尊重,便是对自己的人生负责。

生命是上天给的礼物,失去了生命一切理想都终究不复存在。所以,一定要尊重生命,莫去亵渎。

## 5. 每一粒种子都有适合它的土地

每个人在社会中都有自己的角色,都有自己适合的工作和任务,从事极为勉强的工作只能让人得不偿失,毫无建树。

有一只乌鸦非常羡慕在高空中翱翔的老鹰,想像老鹰一样来一个漂亮的俯冲,抓住草地上的小羊。于是,它天天拼命练习模仿老鹰的动作。

过了很多天，乌鸦觉得自己已经练得很棒了，就从树上猛地冲下来，扑到一只山羊的背上，想完成老鹰那样完美的动作。

但是由于身子太轻，乌鸦刚落到山羊的背上，爪子不小心被山羊身上的毛缠住了。它拼命地拍打翅膀，想要从山羊的背上逃脱，却都失败了。

牧羊人看见了，把乌鸦抓了去。乌鸦不但没能抓住小羊，反而把自己的性命交到了牧羊人的手里，上演了一场悲剧。

可怜的乌鸦以为自己能成为一只像老鹰般的乌鸦，简直荒唐可笑。可是在一笑而过后，你是否有那么几秒钟的顿悟，是不是也在这只乌鸦身上看到了某个时候自己的影子？

曾几何时，你是不是也像这只乌鸦一样，因为看到别人的光鲜，就盲目地跟从，而做了一些不适合自己的事呢？

就像人穿衣穿鞋一样，36码的脚就只能穿36码的鞋，高大的身材不能穿小号的衣服，一定要最适合自己的尺码才最舒适。

即使是再昂贵、再精致的东西，如果不适合你，只能当做摆设，它本身的价值也就得不到体现。

人总是在将就与勉强中度日，那将是一件多么痛苦的事。选择不适合自己的路，就像穿上了不合脚的鞋走路一般，将会异常艰辛，甚至会陷入无法自拔的沼泽。

适合，对我们来说太重要了。

在感情中，我们要找到适合的伴侣，这样才有一起营造幸福的热情；事业中，要找到适合的工作，这样才有奋发向上的动力；生活中，要找到适合的人生方向，这样短暂的一生才不会遗憾重重。

很多时候，也许你的适合得不到身边人的理解，甚至会遭到强烈的反对。可是，如果你觉得那是最适合你的，就一定要坚持，因为只有坚持，才能让时间证明你的正确。

能对自己负责的只有自己，连最亲近的人也不能为你的错误买单，所以我们在听取别人意见时更应该问问自己，这适合我吗？

当然，你坚持自己的选择的前提是，这必须是你经过深思熟虑后确定适合自己的。

有网友曾发起一次投票，问女人们如果从《西游记》中选一个做老公会选择谁。有30%的人选择猪八戒，原因是别看他长得丑又花心，但是他多情又顾家，懂得生活和享受，跟他在一起，一定会很快乐；有30%的人选择孙悟空，原因是他有男人风范，爱憎分明，严于律己，事业有成；有30%的人选择沙僧，原因是他诚恳，忠实，有责任感，又不张扬，给人安全感；只有10%的人选择唐僧，原因是他虽然英俊善良，可是他却不懂养家，不懂怜香惜玉，没有真本事。

更搞笑的是，有的人全部都选，意思是要找个十全十美的丈夫。

可是人生没有十全十美的，丈夫亦然。不管男人还是女人，在选择爱情的过程当中，可能在第一次恋爱或者第二次恋爱的时候，根本就不清楚什么样的男人或者女人才能真正带给自己幸福。

嫁给猪八戒，你可以得到温柔体贴；嫁了孙悟空，你可以得到男人事业的成功；嫁给沙僧，可以得到安稳的生活；嫁给唐僧，会招来羡慕的目光。

可是，另一方面，事业心重的孙悟空没有时间陪你逛街，你会拥有永无休止的寂寞；踏实稳重的沙僧会把你当成手心里的宝，却永远不可能给你富足的生活……

有这样一个真实版的爱情故事。

她聪慧、漂亮，他潇洒、帅气，一身军服更显得英武。

两个人相识时，都很快心动神驰。女孩开始沉醉，男孩开始痴迷，虽然双方家长都同样表明了反对的态度，但是两个人不为所动，不到一年便走到了一起。

照理说，两个人应该会幸福地生活下去，但是，令人没有想到的是，不知从什么时候起，在婚前没有暴露出来的自私、张扬等个性让两个人之间没有了体贴和尊重，没有了爱恋和呵护，有的只是不断地索取和无尽地指责。甚至在孩子还没满月的时候，他们便开始对簿公堂，想解除这一纸婚约。

他心中充满了仇恨，以军婚不能破坏的原因拖了她六年，这期间她不得探望孩子。她吞噬着无边的痛苦，他咀嚼着无尽的仇恨。

试想，如果两个人多些了解，多些尝试，会用一年的幸福换来六年的痛苦吗？在婚恋的大道上，没有固定的模式。

很多人都已经认识到，适合自己的才是最好的。

不要勉强自己去做力所不能及的事情，那样有可能适得其反。找准适合自己的位置，才能更加得心应手，取得更好的成绩。

成不了耀眼的太阳，就做一颗闪烁的星星，照样能在夜里发光发亮；如果不是参天大树，那么就做一棵青青小草，照样给大地一抹生机；如果不是海洋，那么就做甘甜的水滴，照样能滋润万物。

要相信，每一粒种子终归有适合它生长的土地。

## 6.你若放弃自己，还等待谁来拯救

我们经常会遇到各种各样的困难，不管是在工作中还是在生活中。但是，当无法独自克服这些困难时，多么希望有人能够出手相助。然而，每遇到困难时就向他人求救是不可取的，通过自己的努力并不是不能自救，别人的帮助只是一时的，不能长期依赖。

汉斯苦心经营的工厂倒闭了，他的事业也随之面临崩塌。

不甘心的他去找亲朋好友筹措资金，自己想要再次拼搏，好东山再起。可是，无论他怎么努力，亲友们始终都不肯施以援手。

绝望的汉斯走进了酒吧，大醉了一场，他几乎成了所有人眼中一个不折不扣的失败者。他自己也消极地认为自己的人生就这么完了，他不再寻找帮助，不再努力。

有一天，汉斯听人说，也许有一位智者能够帮助他。

汉斯的心里又燃起了一丝希望，他找到了那位智者，将抑郁和苦闷全部说了出来，然后满心希望智者能够帮助他走出目前的困境。

智者摇摇头说："可惜啊，年轻人，我也帮不了你。"

汉斯听完智者的话，感到最后一丝希望也破灭了。他觉得这样活在世上已经没有意义，于是他想到了自杀，这是结束现在这种痛苦的唯一方法了。

正在他起身准备离开的时候，智者忽然叫住了他，说了一句："虽然我无法帮助你，但是我知道另外还有一个人可以帮助你。"

汉斯惊喜不已，问道："那个人是谁？他现在在哪里？"

智者笑着说："你跟我走吧。"

智者把汉斯带到一面大镜子前，他指着镜子当中的人对汉斯说："你看，你现在看到的这个人就是唯一可以拯救你的人。你如果想要再次成功，首先就要认识你眼前的这个人，他是唯一一个能真正带你走出眼前困境的人。"

汉斯看着镜子中有些憔悴的自己，陷入了沉思。

等汉斯再来见这位智者的时候，他已经完全变成了另外一个人。

现在的他容光焕发、神采奕奕，完全找不到以前消极的影子。

他激动地告诉智者，他终于认识到自己原来拥有如此巨大的力量。他重新认识到了自己，并且凭借自己坚持不懈的努力重建了自己的工厂。

这个故事告诉我们，人总会多多少少地遇到一些困难阻碍，而能带你走出这些困难的人其实只有你自己，我们才是自己最完美的救世主。

当你从内心能真正肯定自己了，那么困难和失败在你眼里只是一次又一次的磨炼，你会带着自己朝一个充满希望的地方勇往直前。

不是你努力了，就百分之一百会成功，但是你不去努力，就肯定不会成功，努力后总还有百分之五十的希望。

美国前总统林肯曾经说过："人下决心想要愉快到什么程度，他大体上就能够愉快到什么程度。在这个世界上，唯一能够搭救你的人，就是你自己。"

我们明确了自己的人生目标，找准了前进的方向，道路上总是一段荆棘一段芳香，只有相信自己，能够全面地认识自己，审视自己的不足之处，在这条路上才能走得更长更远。

失望、沮丧、黑暗这些负面情绪只会干扰你正常的决定，上帝给我们每个人的机遇是一样的，人的一生最大的敌人就是自己，而这个敌人会陪着你从出生直至死亡。

正因有了这个敌人，你才得以一次次挑战、超越，不断迈上一个又一个崭新的台阶。

## 第十辑

## 每一个受过苦的人，都是劫后余生

### 1. 开开心心工作，再辛苦也要乐观面对

应届毕业生初入社会，刚开始工作的新鲜感可能会让他们觉得很美妙。但是时间长了，发现很多事情都不是当初想象那样，职场和学校完全不同的习性让人感到不安，烦恼也就慢慢产生了。

其实，一个人能快快乐乐地上班，这是最重要的。

没有工作的人为了寻找一份好工作四处奔波，对于有的人而言，工作也总是苦不堪言。其实一份工作痛苦也好，欢乐也好，都是为了让自己的生活过得更好。如果你真的感到如此痛苦，不妨把工作辞掉，重新换一份让自己开心的工作。

辞职是一把双刃剑。有的工作可以放弃，但是辞职之后，也未必会有更好的出路，也许你会经历二度苦难。如果你没有新的工作，也没有了收入，那么岂不是更加痛苦？

所以，从现在开始就要对自己有个明确的认识：这份工作究竟要怎么做，才能让自己重新快乐起来？

打车碰到一位有趣的驾驶员。上车后，他先微笑着询问我去哪儿，然后，他告诉我车上有报纸和杂志，如果我想看，伸手可取。我说自己坐车不想看书，于是他又问想不想听歌曲。他打开了播放器，里面居然是一些搞笑的音乐，他说自己每天都过得很开心。

虽然的哥工作很累，但是他的心境始终能够平和。

谈话间发现前面出了交通事故，因此汽车排成了长长的一队。这时很多驾驶员都骂骂咧咧，只有我车上的这个驾驶员悠然自得地笑着，依旧谈笑风生。

我好奇地问他为什么会这样平心静气。

他笑了笑说，生活过的是一种心态，只要心态好，每天都会快快乐乐，开开心心的；如果心情不好，工作时就不会集中注意力，这种情绪失常的情况之下，很容易出车祸。

他的话引起了我的深思，一个人如果心如明镜，情绪该由自己来控制，而不是交给别人。你如果心情不好，那么在工作中就会出错，这种情况下，自己将承受更大的痛苦。

一个人只有多多审视自己，勤于思考，才会让自己过得开心。

如果对于自己目前的处境不满而心中不快，那么深层的原因是由于你厌恶眼下的自己，感到自卑。

如果你能拥有一颗喜悦的心，喜欢自己、爱自己，那么自信心就会加强，自卑的心理也会慢慢消除，最终你会变成一个快乐的人。

一个人是否快乐受很多因素的影响，工作收入是其中的一个方面。有的人觉得自己每天辛辛苦苦地工作，收入却很少，为此而感到不开心。其实这一切情绪都是建立在自己的生活态度上的。

如果你开心地工作，努力提升自己的能力，让自己的才能在工作中得到发挥，那么你将会得到升职和加薪的机遇。

快乐还与着装有关。进入职场，一定要注意自己的外在形象。如果你每天精心穿着自己喜欢的服装，把自己打理得十分精神，让自己的气质显露出来，把自己的礼仪展现出来，显示出你良好的教养，那么你就会渐渐地变得心情愉快。

这种情况下，你会在工作的时候变得更快乐起来。

对于职场中的同事，要和气对待，微笑面对，这样，你也会获得同样的回报。你要知道能和同事们在一起工作是一种缘分，要好好珍惜。真诚地对待别人，你会感到很幸福。

合理做好自己的工作计划，科学安排工作时间，在规定的时间内完成任务，你就会发现，只要努力工作，就会提高效率，得到上司的满意和认可。

其实，让自己开心和快乐的方法有很多。只要你的人生态度积极，乐观，热爱自己的工作，那么你就会在工作中收获快乐。在自己的努力中，不断变得很幸福。

## 2. 别拿工作当混口饭吃

生命虽然有限，但生活却握在我们自己手中。每个人都有责任在自己有限的生命中，尽可能多地探求更多的精彩，证明自己的价值。

不过，生活中有些人总是"浑浑噩噩"地过着日子，不知道自己该做什么，也不知道能做什么，于是就放弃了努力，便让时间牵引着生活的方向，从不考虑未来生活的样子。

以"混口饭吃"的态度对待生活，自然也就不用奢望生活能给他带来什么丰厚的回报。

没有上进心的人，暂且不说能否为家庭带来生活保障，单纯从情感上来讲，和这样的人一起生活，也缺乏安全感。

美好的生活需要不断奋斗，尽管过程艰辛，但却可以让生活充满期待。只想着"混口饭吃"的人，不会树立更高的目标，没有目标的牵引，也就没有了追逐，更没有了过程中满足与收获的幸福感。

他们的状态会影响整个生活的情调，对现在与未来的看法同样会呈现灰暗的色彩。

激情可以燃烧一个人的生命，可以使人散发绚烂的光彩，也能书写出最为美好的回忆。

如果希望自己的生命充满活力，就要寻找到属于自己的事业寄托，展现出最为蓬勃的激情，创造出最为璀璨的成就。

弗兰克·贝特是世界最杰出的销售大师之一，但在18岁时，他却是一名职业棒球手。

刚进入职业棒球界，贝特就被开除了。老板对他说："贝特，离开后，无论去哪儿，都要振作，不论经历什么，工作中都要有生气和热情。"

这对贝特是一个重要的忠告，虽然代价惨重，但来得不算太迟。当贝特进入纽黑文队后，他决心要做一个有激情的球员。

从此，贝特在球场上就像一名充足电力的勇士，掷球快速有力，几乎要震落接球同伴的手套。为了赢得至关重要的一分，贝特会在球场上竭尽全力奔跑。

第二天的报纸上这样刊登关于贝特的消息："这个新手充满激情，并感染了我们的小伙子们，他们不但赢得了比赛，而且看来情绪比任何时候都要好！"

报纸还给他起了个绰号，叫"锐气"，称弗兰克·贝特成了队里的"灵魂"，他的月薪也从25美元涨到185美元。

退出职业棒球队后，贝特尝试做保险推销。十个月令人沮丧的推销之后，贝特被卡耐基一语惊醒。卡耐基这样对他说："贝特，你毫无生气的语言又怎么能使大家对你感兴趣呢？"

贝特恍然大悟，决定把自己在纽黑文队打球的激情投入到工作中来。又是一次转变，弗兰克·贝特真正将激情融入到推销中，最终成为闻名世界的销售大师。

无精打采地工作，只会让自己虚度时光。

现实是一面镜子，状态的不积极，会影响到生活的质量，工作不能够有效开展，甚至会失去最终工作的机会。弗兰克·贝特的经历就很好地说明了，当自己不能有效投入工作之中，工作的效果就会大打折扣。庆幸的是，他及时地认识到了这点。

充满激情地工作，迸发活力，发挥潜能，使人更容易发现自己的价值，收获良好的成果。当投入自己全部的精力之后，工作和生活都将会充满活力。

比较这两种工作状态，比较两种状态所产生的结果，我们知道"积极面对"是一种态度，"浑浑噩噩"也是一种态度。

你可以自由选择，但最后等待自己的结果，永远只有一个。

从一个人的工作态度中，大致可以预见他未来生活的模样。态度积极，过程也许艰辛，但却充实且有意义；态度消极，过程也许舒适，但生活的空洞和无所寄托将无法避免。

张琪出生在农村，从小就有不服输的精神，毕业后进入了一家大企业工作，但是职位非常低。

一年多的时间，张琪虽然表现出色，业绩却没有大的提升，薪水也一直是原地踏步。

但张琪是一个好学和刻苦的人，他平时善于观察，发现了公司在某些方面存在着问题和漏洞，他很想把这个问题汇报给领导，好改善公司这些漏洞。但身边的朋友都劝他不要做这个出头鸟，最终他也放弃了这个想法。

没过多久，他发现与他一同进入公司的另一个同事获得了提拔。他感到很奇怪，因为那个同事的业绩跟他差不多，并不至于到受提拔的地步。后来他发现，原来那个同事也发现了公司的这些问题和漏洞，并把解决方案告诉了领导。

知道这个消息后，张琪感到非常懊悔，本该属于自己的机会，却拱手让给了他人。

伟大的事业不会垂青"得过且过"的人。在工作上有所作为的人，对待工作都需要一心一意、不畏艰苦、充满激情。

画家若画画时有气无力，拿笔都心不在焉，东涂西抹，那么他的画怎么能够经久传世；诗人对生活没有无限的热爱和情感累积，怎能写一首名垂千古的好诗。

一位哲人说，想把问题思考到最完美的境地，就非得有深邃的目光和充分的热忱。史达温斯基也许并不比其他的音乐人在天分上高出多少，但他的一份专注，使他的作品呈现出不同于他人的平庸，对世人产生了深远的影响。

对于普通人来说,不是人人都有这样傲人的成绩,但坚持学习的态度,总能使自己的生活有收获与满足。

因此,不要只想着混口饭吃就行,转变消极怠日的观念,让自己积极向上起来,才能创造出精彩的人生。

## 3. 在尝试中找到适合自己的方向

回想一下我们所受的教育,尤其是幼年时代,是不是常被灌输一种观念:要胸怀壮志,要做大事,成大气候……因此,在很多人的意识里,对于那些细微、琐碎、不显眼的小事,便不会予以重视。

殊不知,日常的工作生活,无不是由一件件小事构成的。

古人告诫我们:一屋不扫,何以扫天下?

这是同样的道理。也许是因为我们目睹了太多的小事,经历了太多的小事,对小事总习以为常,总感觉不到它们的存在,因此才会在有意无意间忽略了小事的力量和价值。

每一件大事都是由无数件小事组成的,换句话说,任何一件小事,都会事关大局。如果在一件小事上失误,那么很可能就此为大事、为全局埋下隐患,带来不可想象的后果。

表弟因为在小事上不仔细,吃过一次亏。

一次,他为单位订购一批牛皮,在合同中写道:"每张大于5平方尺、有疤痕的不要。"令他没想到的是,仅仅是一个"顿号"的差错,就给单位造成了巨大的损失。因为,上面合同中这句话,应该写成"每张大于 5 平方尺。有疤痕的不要"。

就因为这一个小小符号的差错，使得供货商钻了空子，发来的牛皮都是小于 5 平方尺的。

表弟他们公司只得哑巴吃黄连，有苦说不出。

类似的案例可以说不胜枚举，而故事的起因，无不是由那一个个细小的瑕疵导致的。

然而，尽管屡次失误，人们仍然难以对小事情产生重视，认为要做就做大事。还有一些人觉得只要做好本职工作就够了，坚决拒绝"分外"的杂事。

实际上，很多小事、杂事都可以拓宽你的人生之路，为你创造各种接近成功的机会。

所以，不要看轻任何一项工作，不要把一点一滴的努力看成是小事，渐渐地你会发现，你的成功就是从小事开始的。

张兰是一个中学班主任，她要检验学生们是否有恒心，做了一个实验。开学第一天她对同学们说："今天咱们只做一件事，每个人尽量把胳膊往前甩，然后再往后甩。"说着，她做了一遍示范。

"从今天开始，每天做 300 下，大家能做到吗？"学生们都笑了，这么简单的事，谁做不到？可是一年之后，她再问的时候，全班却只有一个学生坚持了下来。

这个同学后来考上了全国重点大学。

"这么简单的事，谁做不到？"这正是许多人的心态。

但是所有的成功者，与我们都做着同样简单的小事，唯一的区别就是，他们从不认为自己所做的事是一件小事。

生活就是由一件件小事构成的。话务员不断地拨打和接听电话；士兵每天队列训练；财务工作者日复一日整理报表，核算开支；酒店服务员每天整理床铺、打扫房间……

每个人都在各自的岗位上做着一件件小事,而这些小事往往就决定了一个人处理事情时态度的优劣,能力的强弱。

所以,即使面对周而复始的小事情,我们也要保持活力,小事并不是毫无意义。且要记住:完成它是你应该承担的责任。

一只新的钟表被钟表匠摆在了两个旧钟表中间。

新的钟表听到两只旧钟正在"嘀嗒嘀嗒"地向前走着,感到很好奇,于是问道:"你们一年摆多少次呢?"

其中一只旧钟骄傲地说:"我们一年能摆3153.6万次,我怕你走完这么多次,你这小体格会受不了。"

"我的天哪!3153.6万次?你们太伟大了,这么大的事情,恐怕我是做不到的。"新钟表有点沮丧地说。

另一只旧钟拍拍新钟的头说:"孩子,别听他胡说,不用担心,你只要每秒钟好好地摆一下就行了。"

"真的吗?只有这么简单吗?"新钟表将信将疑地说,"不管是不是真的,我都努力试试吧。"

就这样,新钟表就认真地一下一下地摆着,并且每秒钟很"轻松"地摆一下。一年过去了,新钟表也摆完了3153.6万次,一件看似不可能的大事就这样完成了。

可见,即使成功看上去遥不可及,实现起来很费劲,但我们只要能够努力把眼下的一点一滴做好,那么成功并非难事。

如果一心想成就伟大和名利双收,那么就容易眼高手低,把眼下的小事情给忽略掉。所以,如果真的想成为一个"做成大事"的人,就不能放过任何一件小事。

因为很多时候,成就大事的起点就在眼前的小事上面。

## 4. 辛苦只为积累经验，不为拼命捞钱

有一些刚刚步入社会的毕业生，对于工资待遇不高的工作往往弃而远之。高不成低不就的就业心理源于急功近利、好高骛远、目空一切、自我认可度过高。

经历不等于能力，只代表一个人过去的学习经历，在实践中通过经验的累积，不断提高能力的人才会真正受到重视。

用人单位更注重经验而不是学历。一纸文凭，解决不了在工作中出现的任何难题。实践出真知，生活中处处需要经验，有时候生活质量直接取决于经验的多少。对于工作，经验与学识同样重要。

每年约有600万高校毕业生涌入社会，他们的就业情况也随之成为社会焦点。相关调查表明，81%的高校毕业生对找到理想的工作持悲观态度。

在找不到理想工作的情况下，先找个容身之所积累经验，然后再选择跳槽，成为当前高校毕业生新的就业观念。

一位刚参加工作的朋友，首份工作简直是优中之选，学新闻专业的他成功跻身某知名媒体。可是，工作不到两个月，随之而来的不是成就感，而是失落感。

他跟我抱怨道，自己在这份工作中仿佛又变成了一个小学生，一切都要从零开始。"学习"是他每天工作的主要内容——打印机、传真机的使用……这些小事看似都和他的业务无关，他觉得活生生地被逼成了一个"小工"。他自嘲地说："是真把我当成'蘑菇'了。"

某人力资源管理专家就"蘑菇理论"认为，安排这些职场新人去做跑腿打杂的工作，让他受到批评和指责，更利于新人的成熟和业务熟悉。

不止他一个，现在很多年轻人都在面对这种情况。

另一个朋友也有这样的问题，刚进入事业单位的她，发现工作远没有想象中那么好，她抱怨道："感觉像是被束缚了一样，很多事情都是自己不想做的，但又不得不做，一天到晚无所事事地坐在那里。"为此，她有了考研的念头，"不管怎么样，还是回到校园最好。"

"每一个职场新人可能都要经过这个阶段吧。"我也感慨道，"研究生毕业，她还是要面对择业的问题，就算打铁你还得摸到地方在哪儿才能开打呢。"

对于职场新人而言，赚钱不能作为首要的目的，积累工作经验和锻炼自己的能力才是最为重要的。

大多数人工作3~5年，都会对自己的职业生涯做规划，明年该怎么做，是跳槽还是留下来，这是很正常的。

但跳槽，你要慎思而行：是什么吸引你跳槽？

有的人可能会认为薪水是一个跳槽的理由。选择跳槽的原因，绝不只是薪水高低那么简单。更重要的是一个足够吸引你的事业，一个能够展现抱负的平台。

年轻人总是幻想着能够从事理想中的职业。然而，好工作不是有理想就能得来的。人生中的第一份工作，是你踏入社会这所新大学的真正起点。

即使第一份工作和理想中相去甚远，那么也请踏踏实实地走好每一步，从这份工作中汲取有价值的营养，厚积而薄发。能成大事的人，即便是做一些不起眼的工作，也始终目标明确、信心坚定、思维活跃，在工作中不断发现新的机会，很快就会超越他人。

工作后，要慢慢摒弃过去不成熟的心理，眼下学习的机会，以后都不会有了，一定要珍惜。

## 5. 你若敢独闯难关，世界都为你敞开大门

工作中需要担负的责任，常使很多人感到压力山大，心理上难以承受，以至于在责任面前表现得手足无措。

其实，内在的责任感可以转化为一种动力，唤醒我们潜在的力量，激励我们始终保持乐观向上的精神状态。

微软董事长比尔·盖茨曾对他的员工说："人可以不伟大，但不可以没有责任心。"比尔·盖茨之所以说这句话，是因为在他心目中，责任第一，而且这种责任感，是建立执行力的基础。

对工作高度负责，就是一流执行力的表现。

具有高度的责任心，才能让一个人在执行中勇于负责，才能做好每一个环节，才能保质保量在规定时间内完成任务。一个老板和同事眼中的好员工，最起码要做到对待工作积极主动。

在这个竞争日趋激烈的社会，每一项工作都要求员工投入百分之百的认真去对待，这就需要员工具备百分之百的责任感。

这样，你就是老板和上司最需要的人。

发现了问题，最重要的是执行，执行了才能有收获。而有强烈责任心的人，不仅要想到，更要做到：心动不如行动，无边际的等

待不如立即执行。

在工作中,许多人遇到事情后的第一反应是先等等,觉得等到条件完全成熟后再去解决也不晚,以为那样才会把问题解决得尽善尽美。

这其实是逃避责任的一种表现。的确,做事情是要尽可能地追求完美,但是世界上没有任何一件事情是绝对完美的。等到所有的条件都成熟后才去做,那就只能把机会让给别人了。

1861年,美国内战爆发,总统林肯当时还没有找到合适的军队统帅。在这次战争中,林肯先后更换了五位统帅,可是有四位指挥官都不称职,因为他们没有一个人能百分之百地执行总统的命令——向敌人进攻,并且打败他们。

最后,这个艰巨的任务被一个世人眼中的"酒鬼"格兰特完成了。

让我们来看看格兰特与此前四位统帅的区别吧。

温菲尔德·斯科特将军说:"我们先封锁,然后审时度势再做决定。"结果,这位75岁老将的计划被林肯全盘否定。

欧文·麦克道尔将军说:"我还没有把部队整合为一个整体,焉能轻举妄动?"说完这个计划后不久,他就被贬为指挥官。

乔治·麦克莱伦将军说:"我还没有装备好我的部队,不可贸然行事。"四个半月后,他就被亨利取而代之。

亨利·哈勒克将军说:"当我们还没有万无一失的把握时,不应该主动出击。"

这四位指挥官的顾虑,不能说没有道理,然而这些顾虑的潜台词就是:我不敢负责任,我要把事情准备到完美,要是输了,那是没有准备好,那可不关我事。

格兰特的出发点却和他们不一样:我们没准备好,敌人可能也没准备好。那我们还等什么呢？在南北战争中，攻打亨利要塞堪称一个转折点。当林肯与格兰特的上级哈勒克将军讨论是否攻打亨利要塞时，曾经问过哈勒克几个问题。

"在你的下属之中，有谁认为我们将在两年内获得完全的胜利？"

"是格兰特，总统先生。"

"在你的下属之中，有谁觉得我们的士兵是最优秀的，不可战胜的？"

"是格兰特，总统先生。"

"在你的下属之中，还有谁主动提出不要退缩，要向敌人发动进攻？"

"是格兰特，总统先生。"

于是酒鬼格兰特被林肯毅然任命为北军司令，当下就发出了委任状。消息一出，全国上下像炸开了锅一样，他们怎么也不会想到总统竟然任命一个酒鬼做三军统帅。

林肯却笑着说道："要是我了解他喜欢酒的种类，我肯定会送他几桶。"

格兰特将军就是林肯一直要找的人。那个人就是这样的一个人：他是一个勇于挺身而出、承担责任、执行第一的人。

无论你从事什么样的工作，问问自己："对待工作，我有责任心吗？"如果你对这个问题不确定的话，你可以回头看看你眼下正在进行的工作以及已经做过的工作，你是否能不问条件立即去执行？是否自动自发、不畏艰难地完成工作？是否把工作做在别人前面，不问自己是否吃亏？是否面对失误，勇于承担起自己的责任？

如果对这些问题，你都回答"是"的话，那你具有的就是对工作高度负责的精神，你能牢记自己的责任，执行第一，在任何时候都不折不扣地完成自己的任务。

每个人都有自己需要承担的责任，责任会带给你压力，同样也会成为动力。责任是潜能的催化剂，能够有效激发人的潜能，使人完成看似不可能的任务。

曾有这样一个报道：

列车行驶过程中，一位年轻的孕妇出现了临产的征兆，痛苦的她身体扭作一团，蜷在座位上。

她身边的丈夫很紧张，赶紧向列车长求救。

很快，在列车长的安排下，孕妇被抬进了用床单隔开的临时产房。丈夫焦急地告诉列车长，妻子以前难产过一次，孩子没保住。见情况危急，列车长迅速广播通知，紧急寻找妇产科医生。

这时，一位二十出头的姑娘害羞地站了起来，小声对列车长说，她是一名妇产科的实习医生，可是参加工作不到一个月，而且还从来没有接生过，对接生的认知仅仅局限于教材上那一点点。

更糟糕的是，今天这个产妇又有难产经历，人命关天，她建议将产妇送往就近医院进行抢救。

列车离最近的一站也要行驶一个多小时，孕妇已经等不及到医院了。列车长郑重地对实习医生说："你虽然只是一名实习生，但在这趟列车上，你就是医生，你就是专家，我们相信你。"

姑娘脸上在一瞬间掠过神圣无比的表情，她深深地吸了一口气，昂首挺胸、信心百倍地走向了临时产房。白酒、毛巾、热水、剪刀什么都准备好了，只等关键时刻的到来。

差不多半个小时后，婴儿的啼哭声宣告了母子平安，一直悬着心的乘客们热烈地鼓起掌来。

"你从来没有接生过，你是怎么做到的？"有乘客问道。

"列车长说我是医生，说我是专家，给了我很大的压力。不过，也让我明白了，在这里，只有我能够完成接生这个任务，而且作为这里唯一一个学医的人，我应该担负起这份责任。"姑娘回答。

对接生的认知仅仅局限于教材的妇产科实习医生，之所以能够独立、顺利地完成接生工作，正是缘于列车长一句"你是医生，你是专家"所给的压力和她对两个生命的责任。

的确，责任不是别人强加的负担，而是你挑战自己的积极选择。无论是在工作还是生活中，唯有勇敢地承担起责任，尽自己最大的努力，才能够比其他人做得更加尽善尽美。

一位成功的企业家，曾经一度遭遇过事业低谷，当问及他是如何"鲤鱼大翻身"时，他说："当我们的公司遭遇到前所未有的危机时，我突然不知道什么叫害怕，只知道必须依靠自己的智慧和勇气去战胜它，因为在我的身后还有那么多人，可能会因为我的胆怯从此倒下。所以，我决不能倒下，这是我的责任，我必须坚强、更坚强！"

因此，面对各种责任时，把压力当做挑战，勇敢地承担起来，不断地将自己的潜能释放出来，实现自己的理想和人生目标，那只是时间问题。

## 6. 不要尽力而为，你的使命是全力以赴

人们热衷于追求成功，但常以为只要自己尽力而为就可以了，没必要累死累活。出现不理想的结果时，就会抱怨道："我已经尽

力了呀！"相信这句话大多数人都曾说过。

殊不知，尽力往往不够，尽力而为常会消磨我们的意志，削减我们的勇气，扼杀我们的进取之心。它是我们前行的最大羁绊，使我们一次次从成功的路口错过。而那些错过又何尝不是过错呢？

下面这个故事寓意很深：

猎人带着猎狗去捕猎，一只兔子被击中了，拖着伤腿拼命奔跑。猎人就放出猎狗让它去追捕兔子，但猎狗最终也没追上受伤的兔子。

空手而归的猎狗被猎人痛骂一顿："你个没用的东西，连只瘸了的兔子都追不到！"

猎狗很委屈地说："主人，我已经尽力啦！"

回到洞里后，兄弟们都争先问这只受伤的兔子："那只猎狗穷凶极恶，你脚还受了伤，你是怎么逃脱它的魔掌的？"

"它是尽力而为，我可是拼尽了身上所有的力气！它没追上我，最多挨一顿骂，而我如果不拼的话，命就丢了！"兔子回答道。

尽力而为和竭尽全力的结果截然不同。

为什么会这样呢？这是因为每个人都有无限的潜力存在，但大多数人只发挥了不到10%，剩下的90%则被深藏起来。这正是尽力而为的结果。

而全力以赴则能有效唤醒、激发起剩余的潜力，修炼出如"悍马"般强大的内心力量。

换而言之，只要肯付出百分之百的努力，任何人都能将他的希望和期待活成现实。

在美国西雅图的一个教堂中，泰勒牧师对孩子们说，每个人都有极大的潜能，如果谁能将《圣经·马太福音》中第5至7章的内容全部背出来，就邀请他参加西雅图"太空针"高塔餐厅的免费聚餐会。

这几章的文字数大概有几万，要通背全文，难度可想而知。尽管老师开出的条件十分诱人，但是多数孩子都因为字数太多，难度太大而放弃了。

几天后，班中一个11岁孩子一字不漏、声情并茂地背出了《圣经·马太福音》中第5至7章的全部内容。

泰勒牧师在感叹男孩惊人记忆力的同时，追问男孩是如何做到的。男孩不假思索地回答："因为我拼尽了全力。"多年以后，这个男孩成了世界首富，他就是全球皆知的比尔·盖茨。

竭尽全力把不可能的事情做成，或许会疲惫不堪，或许会伤痕累累，但这是逼迫自己出类拔萃、走向成功彼岸的"苦肉计"，这种付出是值得的。

尽力而为在这个竞争激烈的社会是不受用的，那些仅仅满足于尽力的人，大多欠缺完成工作任务的勇气和决心，不能最大限度地发挥自身的潜力，不能做到最好。

因此，如果你的内心正在呼唤你去做一番大事，就不要再以"我尽力了，结果不理想"的借口敷衍自己，而要时常扪心自问：我是尽力而为，还是拼尽全力呢？成败仅仅在于这一念之间。

# 第十一辑

## 谢谢在这个残酷的世界里与你相依

### 1. 我只是遗憾不能陪你一起老

男人结婚时的心理是：她值得我爱；女人结婚时的心理是：他真的爱我。

亚当和夏娃第一次相遇时，不禁惊呼："哇，我们原来并不是一样的！"

生命中奇妙的美好的事都是被那些和我们不尽相同的人吸引，对方总能潜移默化地让我们更加完善。

但两人踏入婚姻殿堂后，往往更渴望驱使对方产生改变，去达到自己理想化的状态。这种想法是可以理解的，照理，和一个与自己想法相同的人生活，无疑是一件快乐的事情。然而，这种想法往往是一厢情愿，对方并不会被你改造。

我们必须习惯和喜欢对方的一些特点，让彼此的差异都得到欣赏和拥抱。婚姻是相互的，只有两个人互相包容和爱护才会幸福。

想要两人的差异互相包容，产生真正美好的效果，就要懂得谦让，站在对方的位置上去思考，理解万岁。

一次参加同学的婚礼，遇到了同学小曾，她在席间向我不断感慨道："夫妻两个人文化差异和价值观的不同，真是婚姻的不幸。"

小曾说："我老公和我是一个村的，以前不生不熟。念完大学，家里就开始张罗我的婚姻大事了。我妈说，他这人不错，勤快、老实，模样也俊。当时我也没多想，心想两家离得那么近，回趟自己家也方便。就这样和他结婚了。

"婚后，我才明白，我和他之间有不小的差距。他读完初中就已经步入社会了，而我是本科毕业，我俩平时很少在一起看电视，原因很简单，看不到一块去——他喜欢看电视剧，我偏爱新闻，尤其是国际上的重大事件。有一回，为了这事还吵了一架，我当时很无语，觉得他不但肤浅，而且不懂得尊重人。

"这都是小事，和他真正的矛盾在于生不生孩子的问题上。结婚之前我就明确地向他表示过，我不想要孩子，但在他的眼里，老婆的任务就是帮他传宗接代。真是不知道要怎么收场。"

人与人之间的差异是必然的，我们应该去拥抱真实的爱人。

每个人身上都存在很多缺点，我们的主观意志并不能改变这些缺点。两个人逐渐走到一起的过程不是两个人合二为一、变得毫无差异的过程。煞费苦心地去引导对方做出改变，只会适得其反。

勇于调整好自己的心态，这才是最有意义的改变。

当我们以妻子或丈夫的眼光看待对方的时候,就会明白并肩作战和对垒为战哪个更重要了。

## 2. 不奢望金银细软,只愿你待我如初

每个少女都对婚姻生活充满美好想象,婚前的期望值一旦在婚后没达到,就有了离婚的念头。

所谓期望越高,失望就越大。当欲望在平凡的生活中日益膨胀,现实生活将会无法令人满足,埋怨将成为生活的主题。

想要幸福,就要学会调节"期望值",让你的期望在现实生活中找到一个平衡点。

虽然家里极力反对她与他的结合,可他们还是远走高飞了。他带着她远离了熟悉的城市和亲人,漂流异乡。他知道她为自己牺牲了很多,所以他对她百般呵护,就怕她会产生不幸福的感觉。

他对她无微不至的爱,让她忘记了远离父母的思念,在他身边,她感觉到温暖,她觉得自己是个幸福的人。

不过,随着时间的飞逝,她的幸福感在慢慢变淡,工作上的不如意,生活上的不顺心,使得她的抱怨重重。她抱怨微薄的收入,抱怨着他在自己面前的卑微,抱怨着他们不足50平方米的住所……

有一次,她终于爆发了:"我为你抛弃了一切,你拿什么来报答我的爱?"他回答:"凭爱。我对你的爱这些年来没有丝毫的破损,完好如初。"

"你的爱就是让我们住租来的破房子?让我们要整天为生计而

奔波？你拿什么来爱我？"

他无语，心中止不住失望。

知足才能让人快乐。

当你把心态调整到最佳，既不为别人比自己拥有的多而愁苦，也不为别人比自己拥有的少而自满，你就到达了真正洒脱的境界。

老子说过："祸莫大于不知足，咎莫大于欲得。"每个人都应该保持一份切合实际的愿望。

女人一定要学会知足，尤其在追求物质享受、财富利益、荣誉功利等方面，过而不及，过于贪婪只会让自己和幸福终生无缘。

托尔斯泰说过："欲望越小，人生就越幸福。"换言之，欲望越大，幸福就越少。减少欲望，才能得到更多的满足和快乐，请抛弃"自行车换汽车，把普通背包换成爱马仕"的念头。

一个感受不到幸福的女人算不上好命女，当你的目光总在高处时，你永远不能品尝到身边幸福的味道。

我的两个大学同学结婚了。女孩叫王娟，男孩叫刘云。大学毕业后，刘云去了公安局做内勤，工作是自己喜欢的，而且还是国家公务员。王娟在一家外企做秘书，工作环境轻松舒适。

婚后两个人生活得也算滋润。

可是就在两个人结婚的第二年，王娟的一个同学辞去了公务员下海经商，而且挣了不少钱，拥有了一家自己的公司，又是别墅又是车的，很是阔绰。

王娟很是羡慕，开始鼓动刘云也去学着做生意。后来还为了这事吵过几次架，不过最后还是刘云妥协了。

公务员是不能有第二职业的，刘云又不愿意放弃自己喜爱的工作，于是他和一个朋友合伙开了一家火锅店。

刘云出钱，那个朋友负责管理。

仗着地理位置好，朋友又善于经营，一年的时间，刘云就还上了最初从亲朋好友那里借来的本钱，而且还赚了不少。刘云感到很高兴，觉得自己终于可以在朋友面前扬眉吐气了。

随着火锅店的生意越来越好，刘云不得不在下了班以后直接去店里帮忙。渐渐地，夫妻两个人见面的机会越来越少，到最后，刘云除了偶尔回来拿几件换洗衣服，根本就不回家了。

一次，王娟实在忍不住给刘云打了电话，她埋怨丈夫总是不回家，两个人从前的甜蜜时光都不见了。

刘云有些不耐烦地说："我们本来过得很幸福，是你总觉得不满足，又想要洋房，又想要汽车，嫌我没本事。现在你又想要从前在一起的甜蜜时光，你到底还想要什么？我不是魔术师，你想要什么我就能给你什么，就算我是，我也满足不了你层出不穷的想法，我们最好都冷静一下好了。"

幸福的女人明白，最重要的不是期望模糊的未来，也不是去比较谁过得更好，而是重视享受眼前的幸福。每天都是一个与众不同的特殊日子，每天都重视今天，就可以收获一生的快乐。

所有的幸福和不幸福，都源于自己的内心，被自己的感知左右着。激荡狂欢是一种幸福，远离喧嚣、感受宁静也是一种幸福，陪伴是一种幸福，膝下承欢也是一种幸福。

其实幸福一直都在你心中，只是它无法开口说话，只要你懂得知足常乐，那么幸福也就可以常伴你的左右了。

所以，想要在婚姻中获得长久的幸福，一定要将无休止的欲望尘封起来，不去过分期望没有的，珍惜现在，就是最大的幸福。

## 3. 过得好才是真本事

围城里的女性们常常说:"我就像一只陀螺,从早上开始就一直围着他转,围着孩子转,然后就转到单位里,晚上回来还要在一大堆家务里打转。你说,我一天天容易吗?就这样,他还不满意,嫌这嫌那。"

人际交换理论是社会心理学中的一个理论,这种理论认为,人与人之间的关系,是以一种类似于商品交换的规则为纽带的。而我们每个人心中也有杆秤,衡量着自己的付出和收获。

这一原则,同样适用于夫妻关系。

人们在倾其所有为家庭付出的时候,实际上也期待着另一半给予自己同等的回报,一旦觉得对方的回报没有达到预期的"量",就会感到失望,怨念由此产生。

而且,两个人的感觉都好不到哪儿去,尤其以那些关系亲密的夫妻为例,总"占便宜"的一方更容易使自己产生压抑和负罪的心理。一方付出得太多,另一方的价值就会被弱化,失去了为家庭付出的成就感。

婚姻就像一杆秤,付出多少都明明白白地标在了秤杆上……于是,夫妻间的爱就靠着这杆秤的平衡维系着。

若两端极不平衡,婚姻也就亮起了红灯。

有句话叫"善良的最高原则是保持受施者的尊严",这句话放在婚姻里来说,就是"不要太强调你的付出"。

说多了会给对方造成压力，会觉得你是在施舍。你又何必做些出力不讨好的事呢？他愿意看到，你的付出自然会有价值；他不愿看到，你说再多也没用。

晓萍原本是个幸福的女人，大学毕业时如愿嫁给了自己的男朋友，跟他结婚生子，日子平静顺利得让人羡慕。

而她，也从来没掩饰自己的幸福。

可是，这段让人交口称赞的婚姻突然间像失去了藤蔓的牵牛花，在一夜间迅速地垮掉了。听者无不惊奇感慨。

原来，毁掉这段婚姻的不是别人，正是晓萍自己。

丈夫家境贫寒，当初创业时用了晓萍娘家 20 万元。好在丈夫也争气，不出几年，不但挣回了本钱，还把事业发展得很大，生活越发有声有色。而丈夫一直忙于扩张事业，家里的事都落到晓萍头上。

她一边照顾孩子，一边忙着自己的工作，还有两边的老人。虽然很累，但是想到丈夫、家、孩子，又觉得非常幸福。但她精力明显不够，跟丈夫商量过后，把工作辞了，做了全职主妇。

开始的时候倒也不错，但慢慢地，晓萍看着光芒尽显的丈夫，心里总会产生一种难言的恐慌。

特别是跟他一起出席一些社交活动时，晓萍看到一些年轻漂亮的小姑娘，毫不忌惮地表达着对丈夫的兴趣，她的心里就像压了块大石头，沉重得喘不过气来。她们正是大好的年华，而自己却是个终日照顾孩子、伺候丈夫的黄脸婆。

一害怕，她的行为就有些失常。晓萍开始无端地怀疑丈夫，回家太晚就会神经质地追问他去了哪里。

丈夫累了一天，一有点不耐烦，晓萍就会恶狠狠地甩上一句："你别忘了你的今天是怎么来的，是我们家给了你 20 万！我为了你、为了这个家,辞了职,做人不能没有良心!"

开始的时候,丈夫总是无言地忍了。看着丈夫那张隐忍的脸,晓萍就觉得特别安全,这个男人欠自己的,所以,他永远都是自己的。

但是,她显然低估了这些话的杀伤力。

她已经形成了习惯,每次吵架总会拿出来说道一番。一次激烈的争吵之后,丈夫终于咬着牙说出了"离婚"。

晓萍气得浑身发抖,忍不住又要拿出那段说词,还没说完,就被丈夫打断了:"我知道,我用了你们家20万,我欠你的今天再还一次,连利息一块算上!"

晓萍想用不断提醒丈夫的"起家史"是自己的功劳,来引发丈夫的愧疚,这是十分愚蠢的。

丈夫先前的容忍,确实有愧疚的因素在内,但长此以往的强调,会让他想起过往的"难堪"。他觉得自己受到了侮辱,进而产生摧毁婚姻的念头,因为这段婚姻在时时地提醒着他——他的成功,是因为一个女人无条件地付出和牺牲换来的。

每一个人都是有自尊的,随着晓萍的不断提醒,丈夫潜意识中不想重视的一些因素就会跳出来折磨他的尊严。

很显然,这段婚姻出现问题几乎是必然的。

任何一段婚姻,都需要双方的付出和牺牲。

当你决定走进婚姻,那么也就意味着,你选择为对方付出。普天之下,做出牺牲的并不只有你一个,至少还有你的另一半。当你把付出当成向他"邀功请赏"的筹码时,你的付出只会累坏婚姻。

很多人喜欢将自己的牺牲和付出看成是对对方的一种爱、一种成全。比如放弃工作、交际、时间,都以为这是爱的表现形式。实际上,放弃得越多,越没有安全感,生怕自己的放弃得不到对方的回馈。

于是，"我为了你……""你这样的表现真对不起我的放弃和付出"等抱怨的话语就出现了，不安和危机就隐藏在了这些抱怨的背后。

心理学家海林格认为，在婚姻生活中，如果付出方一味付出不懂接受，承受方很快就不想再接受另一方的付出了；如果付出太多，超过了承受方的回报能力时，承受方就会产生结束关系的想法。

因此，作为夫妻两方，需要对婚姻有正确的认识，即两个独立的人选择了共同生活的方式。你们可以相互温暖、相互依靠，但是，千万不要太强调你的付出，这样你们都会累。

## 4. 愿你过得更像自己，不必等到多年以后

当结婚证上有了红红的印章，你们的恋爱就有了一个结果。

但是不要以为这样就进了保险箱。你的男人可以有钱，可以有房，可以有车，但那些通通都是他的，要想在家庭中拥有自己的地位，首先就要拿出自食其力的风范。

要想在感情的路上走得长远，要想让你们之间的感情日渐深厚而不是疏远，首先就要有一个长远的规划，而且时刻保持女人本能的危机感。

我们不能一结婚就来一个大松心，什么理想啊、前途啊，都成了年轻时候看过的小说，看过就忘了。

我们更不应该把自己的注意力完全集中在一个男人身上，他不是我们长期的饭票，万一有一天他那里断了粮，我们还是要照样生活下去。

尽管这个时代早已不同，女人有了自己与众不同的舞台，可大多数人还是认为找一个有实力的老公才是硬道理——

结了婚就有了依靠，再也不用活得那么累，再也不用担心自己这辈子没有依靠。她们把婚姻当成是进了保险箱，觉得只要尽到家庭主妇的义务就可以了。

可是，婚姻的延续，只靠这些远远不够。

试想有一天他突然对你说："跟你在一起实在太单调乏味了，一点共同语言也没有。"你又会作何感想呢？

也许你会委屈地认为自己已经为这个家牺牲得太多，也许你以为你已经尽到了一个好妻子的义务，但是，你却忘了两个人相互交流的必要，你丧失了接受新鲜事物的能力。

随着时间的流逝，男人在和你交流时说出来的话你越来越不懂了，家长里短把你包围得越来越紧，可这些事情对他来说并不是很感兴趣。

就这样，你们之间的距离越来越远，你与社会开始脱节，你们的关系越来越冷淡。他开始到外面去寻找刺激，而你却只能在家里黯然神伤。

多多是一家民营公司的会计，2007年邂逅了向南。

向南是一家外企的高级主管，为人阳光开朗，心胸豁达，多多一直以有这样的男朋友为荣。

恋爱的时光是甜蜜的，向南经常对多多说："等咱们结婚以后，你就不要那么累了，就在家里当全职太太，养家的任务就交给我，我会让你更加幸福的。"

听了向南这么说，多多总是红着脸微笑着，她知道向南是爱她的。就这样经过了一年多的热恋，两人决定结婚。

结婚之后，多多就辞掉了自己的工作，成了一名全职太太。

起初两个人的生活温馨而甜蜜。但是时间一长，多多发现，向南回来说的一些事情，什么政治新闻，投资走势，她通通不明白。对于他工作中遇到的问题和烦恼，多多也提不出任何解决问题的有效建议。两个人之间慢慢地产生了隔阂，向南回家后话越来越少了。

这让多多心里不免有了不祥的预感，一种女人的直觉告诉她，他们之间一定出现了问题。可是自己究竟该如何解决呢？

她曾经一直认为，只要一结婚，女人就可以在丈夫的臂膀下快乐地生活，可今天看来事实并非如此。

为了扭转局面，多多多次和向南主动沟通，可是两个人经常因为话不投机不欢而散。

向南开始不爱回家，多多打他手机也经常不接。

痛苦之余，多多开始反思自己，想想自己曾经的付出，她觉得自己真的很无知，谁愿意和一个与外界严重脱节的女人在一起呢？谁愿意找一个和自己无话可谈的人相依相伴？

于是，多多决定采取补救措施，可是一切都已经太晚了。

有一天，向南突然向多多提出了分手的要求，他对多多说："多多，我觉得我们已经没有在一起的必要了，我们没有共同语言，你也不能帮助我解决任何问题。我越来越觉得自己只是一个赚钱机器，在家里找不到一点温暖。

"我曾经也努力地为你创造更好的生活，但婚姻毕竟不是保险箱，我现在越来越担心，万一我的工作状况发生改变，我还有没有能力承担起自己的责任。既然如此，不如我们现在就结束吧，因为我们已经不是同一个世界的人了。"

听了向南的这番话，多多心里很痛苦，当初是他提出要让自己做全职太太照顾家里生活的,她也一直认为结婚就可以让自己的生活安定下来,可是现在他却说自己和他不是一个世界的人。

多多这时候才幡然悔悟,心里反反复复地回味着"婚姻不是保险箱"那句话,久久不能平静。

如今的时代对女人有了更高的要求,除了要照顾好家庭,还要不断地提高自己。一面要时刻保持对生活的危机感,一面要积极面对生活,让自己的生命更有价值,更有光彩。

婚姻不是保险箱,相反它需要我们不断地倾注自己的精力和想法。我们不能总把自己定位在家庭妇女的位置上,前辈的生活方式可以借鉴,但绝对不能照搬。

新时代的女性应该时刻保持和丈夫平等的位置,同等的步调。只有做到步调一致,才能成为他在这个世界上最贴心的人,才能成为他这辈子都离不开的人。

世界上没有什么东西是永恒不变的。

要想永远保持亲密关系,首先就要顺应婚姻生活的变化,不要总是去做那个明明付出很多,但别人却根本看不到的可怜虫。

我们不应该因为踏进结婚的保险箱就放弃了自己曾经的工作,甚至理想。没有了心灵上的沟通,婚姻的趣味就少了一大半。

婚姻不是平平淡淡过日子那么简单,也需要激情,没有人愿意永远只喝白开水。

这杯婚姻的饮料,需要你用心去调配。

做一个有心人,保留住自己的神秘感,让他永远爱你的睿智。爱是需要不断投入新鲜的养分才能延续,让我们现在就行动起来,装点自己的婚姻,让它更加新鲜,更加安定,更加和谐和美好。

## 5. 缺乏付出的人生不会幸福

有人说爱情容不得半点欺骗，两个人要彼此真诚，彼此信赖。然而现实总是残酷的，直白的谈话方式往往让我们无法接受。

有人曾说："撇开道德，谎言是一种智慧。"谎言之所以被人们给予如此高的评价，是因为实话有时更伤人心，更不利于彼此的相处。

生活中，经常能碰到一些善意而美丽的谎言。

小时候父母教育我们说："要做一个诚实的好孩子。"时光流逝，我们已经由妈妈的孩子，成为孩子的妈妈，但这句话却深深印在了很多女人的心里。

在大多数人看来，婚姻是不应该有谎言的，两个人要长久地在一起，就要做到彼此真诚。

这话虽说不假，但有时候真诚的谎言也是有必要的，它往往比实话来得更贴心，给人一种安定而温暖的感觉。

相处中，偶尔还是需要一些善意的谎言。诚实不分场合，就会伤人伤己。不以伤害为目的的谎言就是善意的，是真诚和温暖的。

人人渴望没有欺骗的婚姻，却不知道善意的谎言有时对自己也是一种慰藉。真诚的谎言有一种魅力，一股莫名的力量，让人即使知道是谎言却仍然能够备感幸福，甚至流下感动的泪水。

好友李梅是个大龄未婚人士。

一年前在老家，李梅经人介绍和王海走到了一起，第一次见面他们相约在一家咖啡馆。两个人都很紧张，不知道说些什么，东拉西扯还是感觉没有什么共同语言。

李梅准备找个说辞离开，这时王海叫来了服务员说："您好，能不能往我的咖啡里加点盐？"这句话引起李梅的好奇，她心想自己也不是第一次喝咖啡，从来没听说过往咖啡里加盐的。

王海说："我的家在南方沿海城市，小时候总是在海边玩耍，现在离开家很久了，很迷恋家乡海水咸咸的味道，所以每次喝咖啡的时候我都有意往杯子里放点盐，以解思乡之苦。"

听了王海的一番话，李梅也想起自己在外地奋斗了五年的光景。她忽然觉得这个男人是可以依靠的，他们都是恋家的人。

于是，两个人终于找到了闲聊的头绪，他们从自己的故乡谈起，又说到了现在的事业和理想，之后又谈及了彼此对人生的态度。

两个人聊得越来越投机，久久不愿散去。

就这样，王海和李梅经过一段时间的了解，正式确立了恋爱关系。李梅发现自己和王海竟然有这么多的共同点，她庆幸自己当初没有草率离去，不然可能会错过了这段美好的姻缘。

就这样，他们终于步入了婚姻的殿堂。生活中，李梅经常主动给王海煮咖啡，然后细心地撒上一点盐。

直到有一天，王海不幸得了不治之症，在他即将离开人世的时候给李梅写了一封信，其中有这样一段：

"亲爱的，有一件事情我必须向你道歉，那就是我并不喜欢喝加了盐的咖啡。第一次见你时，我就被你的文静深深吸引，却不知道该如何开口交流。眼看你有了去意，我开始着急了，所以就紧张地让服务员给我的咖啡里放点盐。本来是想缓和一下气氛，可没想到这个举动却帮我们打开了话匣子。"

"我曾想过告诉你实情，可又怕你会生气，所以这种咖啡里加盐的生活就这样继续下去了，但是，我觉得我是这个天底下最幸福的男人。"

"现在我要先走了，如果有来世，我还愿意跟你做夫妻，只不过，你一定要记得千万不要再往我的咖啡里加盐了。"

看了王海的信，李梅泪流满面，想不到这个男人骗了自己一辈子，将加盐的咖啡喝了一辈子，为了这个不经意的谎言坚持了一辈子，可见他对自己的爱是多么深。尽管受了骗，李梅还是觉得很幸福。

一个真诚的谎言，带给了李梅一辈子的幸福。尽管这个男人骗了她，却仍然让她备感幸福。

这就是爱的谎言带给人与众不同的力量，或许不够真实，却能让人心甘情愿被欺骗下去。

两个人相遇，爱是一种偶然，但在岁月中相互温暖就会成为一种必然。我们总认为说谎是一种不忠，却忘记了那些爱的谎言总带来的甜蜜。

如果一句谎言能够赶走冬夜里的严寒，那么这种"欺骗"的力量将会让我们的爱更炽烈：一切都将是温暖的，一切都将是幸福的，一切真不真实也都将不重要了。

## 6.那些年，我们没有追到的幸福

在家庭生活中，争执在所难免。

有的时候争吵也是夫妻之间的一种交流，我们知道，"家不是讲理的地方，而是讲情的地方"这话说得非常到位。

也许你刚刚和他步入婚姻的殿堂，也许你还没有学会怎样去经营婚后的感情，也许你们之间的磨合常使人百般困惑，但你们仍然在夫妻之路上行走得如此坚定。

的确，只要是相爱的，就算是一对小冤家，眼前也都是一根绳上的蚂蚱，只有将这份感情经营得更加和谐，才能拥有真正的幸福。

当你们满怀希望地迈向婚姻的殿堂，希望浪漫的生活能够长久延续时，是否也做好了面对矛盾隔阂的准备呢？毕竟过去的生活习惯不一样，成长经历不一样，对事物的看法也不一样。

恋爱的时候，我们也许会容忍对方一些不尽如人意的地方，但朝朝暮暮生活在一起，那些杂七杂八的小事，很有可能会引来争吵。

老人说："炒菜做饭，没有不碰锅碗瓢勺的。"夫妻之间磕磕绊绊是经常出现的事情，怕就怕两人较起真来，非要说出个谁对谁错，方可罢休。

千万不要在家讲理、就算错了我们也都不愿意承认——吵架以后，日子还是要正常过，给彼此一个台阶下，事情过去也就过去了，不能揪着不放，总是翻旧账。

家不是一个讲理的地方——这句话是多少夫妇在难解难分的是非混乱中梳理出来的真理。虽不像我们想象中那么惊天动地，但经历过的人才明白其中的道理。

家庭生活中，沟通和聆听才是最好的交流方式。我想，婚姻的最高境界是相互理解，互相包容。

前两年，好友孙晓偶然认识了赵平。两人一见钟情，相处两年多后觉得相互不错，于是在去年走进了婚姻的殿堂，过上了幸福滋润的小日子。

刚开始生活还很和谐，但慢慢地两个人都发现对方有很多缺点，两个人经常为一点鸡毛蒜皮的小事吵架。

赵平抱怨孙晓就知道臭美，自己回家连一口热饭都吃不上；孙晓怪罪赵平不讲卫生，把家里弄得到处都是脏兮兮的。

两个人争得谁也不让着谁，都觉得自己有理，感情也越来越不好。

一次赵平和孙晓又吵架了，两个人仍旧互不相让，赵平一气之下出去找朋友喝闷酒，孙晓则一个人在家里哭泣。

万般无奈之下，她拨通了妈妈的电话诉苦。

听了孙晓一连串的抱怨，妈妈劝慰她说："孩子，家不是一个讲理的地方，你们需要的是彼此适应，相互改造。有句老话说得好，'过日子哪有勺子不碰着锅沿儿的？'你们要学会彼此宽容和忍耐，才能安安生生地过日子。既然你已经嫁给了他，就要学会适应他，不要总过分地去与他争吵，时间一长会影响你们之间的感情……"

听了妈妈的一番教诲，孙晓反思了好几天。父母之所以能一起度过大半辈子，相扶到老，主要就在于他们彼此的包容和理解，妈妈说得很对，家真的不是一个讲理的地方。

就这样，孙晓开始学着适应赵平的一些习惯。

赵平看到孙晓不再和自己争吵，也自觉地开始发生改变，两个人过得越来越和谐，争吵也慢慢少了。

家是讲爱、讲情、讲义的地方；家是讲宽容、理解、忍让的地方。所以，家不是讲理的地方。居家过日子，有情有爱，家才是幸福的港湾，才是美丽的花园。

## 第十二辑

## 坚持，你要配得上自己所受的苦

### 1. 我是我的友，我是我的敌

记得有一首歌唱道：阳光总在风雨后，请相信有彩虹。

国学大师季羡林先生说："在一生中，我不强求自己一定要在这不足百年的时间里做出轰轰烈烈的伟业来，一定要成就什么大事情，只要能活出生命的意义，找到自身存在的价值，就可以说，这一辈子就没有虚度。"

季老的一生经历过大起大落，并不是一帆风顺的。

年轻时他独自在异国求学，中年又历经磨难，但是到了晚年，他并没有因为历经沧桑而像是一个饱经忧患的老人，相反却愈加有着参透世事的智者风范,心态乐观而又有活力。

季老曾对苏东坡的那句"谁道人生无再少"作答曰:"我道人生有再少。"从中可见他对生活的信心。当人对生活充满信心,就会散发出激情和活力,这是热爱生命的人所具有的精神状态。

一般人到老年时都会感怀时不我待,季老则不这样认为,他认为:"每个人无论在何时何种情况下,都应该对生活充满期待,如此才能不至于让生命虚度。"

有位成功人士曾讲述过这样一段经历:

上小学时,有次我考了第一名,老师送了我一张世界地图。

我高兴极了,一到家就开始仔细看这张地图。当我看到埃及的时候,心中异常兴奋,因为在学校的时候,就听老师说过埃及有许多绝美的风景。当时我就想,长大以后一定要到埃及去。

正看得出神,爸爸下班回来,大声对我说:"不去写作业,你在干什么?"我说:"我在看世界地图,听老师说埃及很美……"

话音未落,爸爸就生气地把我推开:"别再瞎想了,赶快写作业去,你这辈子怎么能到那个地方!"

我当时惊呆了,心想:我这辈子真的只能庸庸碌碌地生活下去吗?我会永远到不了那个地方吗?心中顿时感到十分迷惘,也十分失落。但是,我又想,我要充满信心地到埃及去,证明爸爸的话是错误的!

经过20年的努力,终于有一天我到了埃及。

我在埃及金字塔旁边买了一张明信片给爸爸,并这样写道:"亲爱的爸爸,您可能想不到,此刻我正在埃及给您写这封信。记得小时候您曾说我永远到不了这么远的地方,现在,我就在埃及,正给您写信,我心里也十分感激您。正是当初您的鞭挞,才使我这几十年对生活充满了信心，过得极为充实！"

一个人只有对生活充满希望，才能不会虚度生命。

布里姆博士已经101岁了，但他每天都能保持着年轻人的冲劲和活力。

一天晚上他和朋友到公园散步，听到公园中的音乐，他便兴致盎然地跟着哼起了小调。

"抬头看着远处。"他对朋友说道，"到处是高楼大厦，我觉得这个城市最伟大的地方是，它随时都在改变，在不断地进步！"

朋友又问他对于现在年轻人的看法。

他说："我感谢上帝，使这个世界有了这些年轻人。他们现在真的不错，比我们那时候要聪明、懂事多了，他们将会为我们创造一个新的世界，我也正期待着一个新世纪的来临！"

很难想象，一个101岁的老人也正在期待一个新世纪的来临。

那天，他与朋友逛了许久，夜色已深，朋友向他抱歉说这么晚了还让他在外面待着。他说："不要紧的，我自己也常常半夜睡觉，但在第二天，我会找时间休息。年轻人，你应该学会一点，不要总是勉强自己。我很早的时候便已经意识到了这一点。明天，我会照常早起，然后轻松地享受我的早餐，再看看报纸。如果报纸上的讣告栏里没有我的名字，那么我会回到床上美美睡上一觉！"

布里姆博士把每一天都当成生命开始的第一天，也将每一天都当成生命的最后一天来珍惜。因而人只要能认真生活，乐观、坚强，并充满希望，那么，每一天都将是阳光明媚的。

每一天都是崭新的一天，每一天都充满着新的希望。当我们每天都期待惊喜发生，那么，这个期待将没有一天会落空。也就是说，心中的希望越多，得到的意外喜悦就越多。如果每天都充满希望，那么还有什么时间去叹息、悲哀、烦恼呢？

人生是有限的，希望却无限。快乐掌握在我们自己的手中，很多事情我们无法掌控，比如际遇、机会，但我们可以掌控自己；虽然难以预料将要发生的事情，但是我们可以确定现在要做的事；左右不了天气，但可以左右自己的心情。

只要活着，就对生活充满期待和希望，相信每天都是精彩的。

## 2. 不管你多好，总有人不喜欢你

小说《飘》中，梅兰姑娘说："假如你用挑剔的眼光看待这个世界，那么你眼中将是遍地荆棘。"是的，如果世界充满阳光和温馨，我们就用欣赏的目光去看待它。可这是一个时刻都在变化的现实世界，难免发生不如意的事情。于是，我们的生活出现了矛盾。

能够把厌恶的目光变作欣赏的人能有几个呢？

金子是一个大龄剩女。

她很挑剔，对任何事情都要求完美，近乎苛刻。当然，她有挑剔的资本。美丽的脸蛋，窈窕的身材，高学历，好工作，丰厚的收入……这近乎完美的条件使得金子永远高傲得像个公主。

但是，生活并没有想象当中那样快乐轻松，这不仅令好友们奇怪，就连她自己都莫名其妙：我所拥有的一切都是最好的，我要求完美，可为什么我甚至都没有一个普通人那样幸福呢？

后来，一个朋友对金子说："你感受不到幸福，恰恰就是因为你太苛刻太追求完美，甚至可以说你看待生活的眼光太尖锐了。"

金子想想，可能就是这样吧。是她太苛刻了，对朋友的要求也太严格。她曾有一个很要好的同事，因为对方学了吸烟，就被金子拉到"黑名单"里——断交了。其实那个女孩也是很优秀的。

另外，像金子这样的女孩，身后怎么可能没有追求者呢？可事实上就是没有，因为偶尔有个"不怕死"的追求者，金子当然是看都不看，弄得男孩子只能自卑地知难而退……

如果不能放下追求完美的苛刻心态，那么眼里的一切都是糟糕的。这样，还何谈幸福？幸福本就是一件简单的事，太过挑剔和苛刻，人为地把幸福复杂化，幸福当然将变成一件困难的事。

想要快乐，就要用欣赏的眼光去看待生活。

欣赏不仅仅是视觉上的感受，它还是一种人生哲学。带着欣赏的眼光，才能看到世间美好的风景。

不懂欣赏的人，眼光苛刻，眼里自然看到的多是他人的不完美和不美好。而学会欣赏，就能看到他人的闪光点，并产生学习进取的动力，久而久之便成了一个优秀的人。

欣赏是一种境界，可以帮人领略到自身缺少的更多东西。所以，欣赏是一种高雅的情趣。

无论你选择哪种方式去度过人生，身边都不乏美丽的美景，但人们偏偏喜欢把目光投向远方的景象。难怪一位哲人说："也许我们四处寻觅的良驹，到头来竟是胯下的这匹坐骑。"

人们总是受生活所累，最关键的原因就是疏于对生活的欣赏。钱钟书先生曾说过："洗一个澡，看一朵花，吃一顿饭，假使你觉得快活，并非全因为澡洗得干净，花开得好，或者菜合你口味，主要因为你心上没有挂碍，轻松的灵魂可以专注于肉体的感觉，来欣赏，来审定。"

世间万物都能唤起我们对生命的关爱。放慢我们匆匆前行的脚步,欣赏我们生活中的每一个片段,发现幸福所在。如此,我们能摆脱尘世的纷扰,发现人生的真谛,让疲惫的心灵得到休息和洗涤。

## 3.承认吧,生命就是在不断地失去中有所得

有人说:"生命的过程就是追寻快乐的过程。"仔细想想,这话确实很对。

每个人都身处在追寻快乐的过程中。但残酷的是,即使我们都朝着相同的方向前进,但最终的目的地却不尽相同。

问题到底出在了哪里呢?是智慧、能力或运气吗?都不是。我们的心和眼睛才是最关键的。

曾有一项十分有趣的调查:谁是世界上最快乐的人?

将来自世界各地的答案进行归总后,有四种答案频繁出现,而且相当有趣。它们分别是:为幼小的孩子擦洗身体的母亲,在沙地里堆砌城堡的孩子,吹着口哨欣赏自己新作的艺术家,通过几小时的全力抢救而挽回生命的大夫。

看到这样的调查结果你会发现,所谓"最快乐"的状态其实很简单,而且它们都真实存在于我们生活的周围——

如果你肯用心去体会,哪怕是炎热夏季的一阵风,爱人递到手中的一杯水,都能让你感到无比的快乐。

曾看到过这样一篇文章:

一对夫妻,彼此深爱着对方。随着婚姻生活的深入,女人觉得

男人对她的感情慢慢变淡，男人也觉得女人已经不再是当初喜欢的那个人了。婚姻就这样变成了爱情的坟墓。

有天下午，男人坐在沙发上享受难得的闲暇时光，随手拿起一份杂志，他发现了一篇表达对婚姻生活失望的文章。

通过笔名来判断，这应该是位女性作者，她优美的文采竟让男人有了怦然心动的感觉。

男人做了一个决定，他想写一封信认识一下这位女作者。

他在信中这样写道："你的丈夫为什么不懂得珍惜像你这样一位颇具才情的女子呢？"然后，他把这封信寄往编辑部，希望他们将这封信转交给那位女作者。

就这样，男人日复一日地期盼着女作者的回信。两个月过去了，一点消息都没有。

某天，男人在找东西的时候，无意间发现了那封信。他以为自己弄错了，但是那封信上的字迹正是自己的。

为了弄清事实的真相，他急忙跑去询问妻子。妻子的回答让他大跌眼镜："是一个热心读者寄来的，我一直没有回信。"

得知真相后的男子，不禁错愕，进而释然了：短短几年，他竟然忘记了自己的妻子也是一位颇具才情的女子，婚前，妻子就有写作的爱好。

男人这才意识到是自己对妻子关心太少，其实妻子依然美丽。

原来苦苦寻找的美景，竟然一直都在身边，只是我们一时失去了发现的双眼和欣赏的心情。

因为不懂得欣赏，才常把自己甩入抱怨的旋涡：缺少伯乐，薪水太少，抑或是自己的老婆没有别人的老婆好……总而言之，人生灰暗，好像事事都不如意。

美景需要我们用心去留意，快乐无处不在，只是我们的双眼时常被浮躁所蒙蔽，以至于发现不了快乐。

有个年轻的军官，在新婚不久后就要到驻地去履职。妻子很舍不得他，决定和丈夫一同前往。

军官将妻子安顿在驻地附近印第安部落中的一个木屋里。

刚开始，妻子还觉得很新鲜。但没过多久，妻子就无法适应这里的生活了。夏天来了，当地的早晚温差变化很大，妻子难以适应这样的气候。更为糟糕的是，当地的印第安部落中没有人懂得英文，这让她难以融入印第安生活圈。

几个月后，妻子终于忍无可忍了，但她又不忍心撇下丈夫，一个人回到繁华的大都市。

于是，她给母亲写了一封信，诉说着这里生活的艰辛。

不久后，母亲回信并这样写道："有两个罪行一样的犯人，住在同一间牢房里。无聊的监狱生活里，他们唯一的娱乐方式，就是透过铁窗看看外面的世界。然而，两个人看到的景象是不一样的，其中一个只能看到泥土高墙，另一个则看到了满天繁星的闪亮。"

读完后，妻子似乎明白了什么。从那以后，她主动融入印第安人的生活圈，了解印第安人的生活习俗，学习他们的编织和烧陶工艺。慢慢地，她发现自己居然喜欢上了印第安式的生活。

除此之外，她还认真研究有关星象学方面的书籍。没过几年，她就推出了自己关于星象学方面的书籍，并且成为一名星象学研究专家。

把人生比喻成旅行再贴切不过，一路有坎坷崎岖，也有看不完的美景良辰。哀莫大于心死，如果我们的内心不明媚，再美的星光你也不会发现。消极地看待世界，生活也将回送一份哀伤。

其实，我们缺少的是一双发现美的眼睛。快乐需要用心体会，用心寻找你就会发现，快乐无处不在。

## 4. 创造一种属于自己的生活方式

快乐是一个既简单又复杂的问题。

快乐是发自内心的真实情感，真正的快乐是人性的自然流露，不会为外物所左右。物质生活只能满足人物质需要，满足不了精神生活。

真正幸福的人，精神世界是不匮乏的。

你的心态是积极的还是消极的，将左右你感知幸福的程度。而这都在你的控制范围内。

心态消极的人不仅不会得到幸福，相反还会被幸福排斥。即使幸福就在身边，这些人也是浑然不觉。

曾听说过这样一个故事：

一个人历尽千辛万苦，终于找到了天堂。

当他欢天喜地地喊着"我来到天堂了"时，天堂的守门人愕然地问："这里竟是天堂？"欢呼者诧异："难道你不知道吗？"

守门人疑惑地摇头问："你从哪里来？"

"地狱。你不知道天堂的原因，是因为你没去过地狱。"

是的，口渴的时候，水便是天堂；追梦的时候，梦想便是天堂；痛苦的时候，幸福便是天堂。凡事皆有两极，只有天堂和地狱放到一起，你才能真正体会到天堂的美好含义。

幸福在哪里？问过无数次的问题，答案其实就在我们心中。敞开心扉，你就会看到幸福在不远处招手。锄地的人看到一只鸟在天上飞过，便感叹道："鸟儿真苦啊，四处飞翔只为觅得一口食物。"倚窗怀春的少女却会叹气说："它真幸福，能够展翅飞翔。"

不同的人看到相同的事物时所产生的见解和感觉是不同的。心态积极，希望油然而生；失意悲观，只能落寞感叹。

曾有过这样一个实验：

老师告诉学生说："统计学上有数据证明，蓝色眼睛的孩子比棕色眼睛的孩子智力要高，各方面也相对比较优秀。"然后，她把学生按照眼睛颜色分成了两组。

一周以后，"棕色眼睛组"的孩子学习成绩明显下降，"蓝色眼睛组"的孩子学习成绩显著提高了。

于是，老师又向学生宣布，她把眼睛颜色弄错了，正确的数据统计显示应该是棕色眼睛的孩子智力要高于蓝色眼睛的孩子。

于是，一段时间过后，"棕色眼睛组"的孩子成绩提高了，而"蓝色眼睛组"的孩子成绩却又下降了。

心态影响着我们的命运。哲学家马尔卡斯·阿流士说过："生活是由思想塑造的。"

如何运用思想？你把生活想成是天堂，那么它就是天堂，你把它想成是地狱，那么它就是地狱。

心中挂念快乐的事情，就觉得快乐；心中忧虑痛苦的事情，就会痛苦；总是想象失败，就会屡战屡败。唯一摆脱不快的方法，就是让精神振奋。

总之，幸福是我们对周围环境和人生感到十分满足的一种状态。这种主观的满足感全由我们自己控制，因而，幸福无所不在。

## 5. 我只怕配不上曾经所受的苦

　　除去那些可以睡懒觉的假日，我们几乎每天都得起个大早，然后使劲儿挤上公交地铁；工作了很多年，工资也没有太大变化，甚至比刚进单位的新人好不了多少；每天都要计算柴米油盐的价格，稍有不慎就会经费告罄；眼看身边的人都有车有房，自己却还在为房租月供而伤透脑筋……

　　生活中，许多人都会为了这样的状况皱起眉头，大呼："生活真苦！"既而感慨自己生到这个世界，大概就是来受罪的。

　　一人向上帝哭诉："神啊，我为什么总是如此不幸，而别人却总能比我幸福呢？"

　　上帝问道："你觉得别人都比你幸福吗？"

　　"起码大部分人都很幸福啊！"

　　"好吧，既然你这样认为，那就去找一个幸福的人，我可以让你们互换生活。"上帝答道。

　　年轻人十分感激，他找到一个富翁，于是上帝把他们的生活互换了，自此他开始了富翁的生活。

　　起初，他得意扬扬。但是几个月以后，他开始有些不耐烦了：每天接到上百个电话，经常要被迫熬到深夜，身体状况也越来越差。他身边真正的朋友也越来越少，只剩一些阿谀奉承的利益之友，随之而来的是频繁的失眠和头痛。

　　他开始想念原来的生活，虽然经济上有些吃紧，但是起码不必言不由衷和劳累不堪。于是，他再次向上帝祈求，渴望回到自己最初的生活状态。

我们感到不快乐，并不是因为生活中缺少什么，而是被不如意和奢望蒙蔽了双眼。我们过多地将目光放在那些磨难上，而忘记了轻松地享受生活。

其实，平平淡淡才是真，才是幸福。平淡并非乏味，物理学家霍金曾经说过："如果生活没有了乐趣，那将是一场悲剧。"

世上无难事，只怕有心人，眼前的难只是为了让我们得到更好的思路。

幸福源于自己的感受，每个人都能拥有享受生活的不同方式，而这种享受所带来的快乐也是旁人无法体会的。

凡事都往好的方面想想。不要一有烦恼，就觉得自己是天底下最不幸的人。要知道："我一直因为自己光着脚而感到不幸，却忘记了还有很多没有双脚的人。"

上帝把某人塑造成矮子的同时，多半会给他一个十分聪颖的大脑，生活就是这样缺憾而有趣味。

享受生活就不要总是专注于"伤口"。

如果发生了不开心的事情，那么哭泣是毫无帮助的，而是从中发现解决问题的契机。那些已经过去的事情，你也就更不必念念不忘，要有种"让往事随风而去"的魄力。

你只有一双眼睛，应该把它留给美好的东西，而不是颓唐的事物。记住好事、快乐的事，时常温习它们，你就会觉得是在享受。

几年前汶川地震震惊世界，灾民们临时居住的帐篷顶上都插着一束塑料花，娇艳的花朵在破败的环境中不屈不挠地绽放着，仿佛是一道希望的光。即使灾难之后，那里的人们依然保留这个特殊的习惯。

伤害过后，痛苦过后，还愿意插上一束花，点缀生活，这种乐观的精神让人相信，灾难无法使希望消失，生活还在继续。

懂得幸福的人不会轻易放弃生活，对生命的珍惜，对生活的爱能够给他们勇气和力量，走出阴霾，走向幸福。

苦难是无法回避的，但所有的遭遇都能给我带来新的体会，坚持渡过这些难关，才有机会迎接我们一心期盼的美好未来，坚持到胜利的日子，才没有白费掉最初所受过的那些苦。

俄国小说家陀思妥耶夫斯基曾描述苦难的意义："我只担心一件事，就是怕我配不上我所受的苦难。"或许，我们每个人都该有这样的心态。

你来到这个世界，无论你遭遇到了什么，都是你收获的财富，坚持把这道坎迈过去，让过去的苦难有一天变成值得骄傲的事情。

## 6. 回归自然，快乐自会追随

我们总有这样的感叹：物质生活水平越来越高了，然而快乐却似乎越来越少。

这究竟是什么原因呢？难道真的是物质越丰富，精神越匮乏吗？许多时候，我们是被迫披起虚伪的外衣，违背自己的意愿去讨生活的，这样的确很累。

若我们使生命回归自然，这时候，我们就能找到真正的快乐了。

苏东坡常和高僧云游四方。一次，他们率众徒步到深山里踏青，原来并不知道路途遥远崎岖，清早开始到黄昏，他们不但没有停歇，甚至连饭都没有吃一口。终于到达了一个小的饭馆，大家都累得东倒西歪，一边大口地喝着茶，一边吩咐店主赶快弄东西吃。

一个伙计满脸堆笑地招呼他们点菜。

苏东坡非常不耐烦，没好气地说："点什么菜，都饿得前心贴后背了，有什么饭菜赶快给每个人端一大碗上来。"

换作平常，苏东坡他们这群人是极难以伺候的，平日对饭菜的质量要求非常高。点菜也非常有讲究，并且还要一点点地品尝，火候欠佳，味道过咸过淡，菜色不好，都会引来一通的埋怨。

哪怕只是少放了一味调料，他们也都要挑出来，惹得几个熟悉的饭馆都不敢做他们生意，店小二见了他们都紧张兮兮的。

高僧见了，笑问苏东坡："今天怎么不点您喜欢的那几道菜了？"苏东坡皱眉说："哪里顾得上，现今最要紧的是填饱肚子！"

原来他肚子不饿的时候，点菜只不过是点小小的雅兴，和充饥是没有关系的，在食客看来那不过是一种情趣。而现今肚子真的饿了，哪里还顾得上这些呢！

许多声色犬马都只不过是生命的负累罢了。

物质社会十分充盈的今天，如果每个人都能掌控好自己的物欲，多些精神追求，保持淡然的生活态度，那么他就能把握生命的本真与要义。

本真的力量非常大，它可以使一颗漂泊的心忘记疲倦，可以让生命去振翅高飞而不惧怕雷雨天气。

去掉那些不着边际的欲望，去掉生命中那些不必要的东西，让生命保持本真，让心保留纯净，才是人生之旅中最为重要的事。

## 第十三辑

## 未来的你，总有一天会感谢那个失败过的自己

### 1. 无须别人认同，只做真正的自己

在人生这个竞技场上，输赢皆是常事。我们该如何去赢，又该如何面对输呢？

每个人都渴望胜利，既然如此，又该不该不惜一切代价地去争取胜利呢？为胜利拼尽全力是值得赞扬的，但若胜之不武，这样的"胜"比"败"让人瞧不起。

职场竞争中，总有那么一些人除了在业绩上努力外，还会用一些"旁门左道"来赢得机会：有些人为了获得晋升，散布谣言诋毁竞争者；为了表现得更出色，窃取别人的劳动成果；还有的眼红他

人升职加薪，就在单位拉帮结派，孤立胜者……

用这样的方式获得的成功并不光彩。时间长了总会露出破绽，只有真正有实力的人才能把胜利牢牢地把握在自己手中。

亨利和杰克同在一家公司上班。一次，公司为员工提供了一个出国进修的名额，究竟该派谁去呢？公司决定进行一次与此有关的演讲比赛，演讲得胜者便可获得这次机会。所有人都同意这种做法。

比赛前一个星期，亨利每天下班后都认真地准备演讲稿，而杰克却在一旁调侃道："嘿！朋友，不用这么认真吧？"

亨利只是笑笑，因为只有他知道自己是多么想争取到这个机会。而杰克呢，他似乎对这次的演讲比赛漠不关心。

比赛的前两天，公司公布了演讲的顺序。

杰克突然对比赛热衷起来，他开始向同事询问有关演讲的事，有时候还经常去向亨利讨教。

比赛当天，杰克拿着演讲稿神采奕奕地走上演讲台，声情并茂地开始了自己的演讲。亨利大惊，这些内容不正是自己的演讲内容吗？他顿时脑袋像被抽空了一般。

杰克的演讲得到了一致好评，这时亨利如果演讲同样的内容，无疑会被认为是抄袭。

硬着头皮，亨利走上演讲台，他把稿子丢在了一边，开始认真地做起演讲，内容与之前杰克的相差无几，现场一片哗然。

就在所有人都认为胜利非杰克莫属，而公司却把进修的机会给了亨利，因为只有真正属于自己的东西，才会牢牢刻在心里。

亨利赢得很光彩，他当之无愧。

杰克企图窃取胜利，却终于败露，而亨利凭借着自己的实力与努力最终获得了他应得的机会。光明磊落的人，赢就赢得光彩，输，也要输得漂亮。

当你输了,是选择坦然面对、笑对未来,还是悲愤妒恨、痛哭流涕?

77公斤级举重比赛上,有三个男人正在痛哭。一个因为受伤,没能完成比赛;另一个因为中途失误而与奖牌无缘;还有一个,获得了银牌,在接受记者采访时,他满脸不甘与懊恼,不停地向媒体解释:这不是我的最好成绩,这次是发挥失常,上场时手臂出现抽筋的现象……他越解释越觉得沮丧,最后哽咽得说不出一句话来。

当时那位金牌获得者就站在一旁,也尴尬得说不出一句话来。

输了就该输得坦荡,无论是受伤还是失误,没有做到就是没有做到,费尽口舌地解释也许能换来别人的安慰,但却无法赢得尊敬。

同样是输,也有人以微笑来面对。奥运会羽毛球混双冠军高崚,在一次比赛中首轮出局,面对这一惨败,她还保持微笑,豁然地说:"虽然这次有点遗憾,但下次还是有机会的。"

失败有什么可怕的呢?何必把一次失败看得那么重,好像将永远失败一样?我们对自己要求高,不满足于现状,这是值得肯定的,可是过多的沮丧与懊恼并不能改变输赢的事实。鲁迅曾说:"优胜者固然可敬,但那些虽然落后而仍非跑至终点不止的竞技者,和见了这样竞技者而肃然不笑的看客,乃正是中国将来的脊梁。"

的确,失利只是暂时的,倒不如洒脱一点,以更好的心态投入到下一次的竞争中,总会守得云开见月明。

赢要赢得坦荡光彩,决不投机取巧,用自己的智慧去赢得所有人发自内心的尊敬。

输,则要输得坦荡磊落,这是一种比"赢"更高的境界,也是一种高尚的品质。

以豁达的心态面对失败，以公允的心态对待竞争者，以宽容的心态对待自己。这样的人，无论在什么时候都值得拥有掌声。

## 2. 学会放弃也是一门艺术

我们一直都在为自己争取，无论是学业、工作、家庭，终其一生，只是为了应对生活中不可预测的方方面面。

得到过，自然也失去过，人生就是一场取舍的较量，不可能什么都能得到，所以那些我们背不动的就只好选择放弃。

倘若将一生所有得到的都背负在身，那么即便钢筋铁骨，也终可能路只走到一半，就无力负荷了。

人们总渴望能尽量地索取，去占有，并不思考这样做是否真的幸福快乐，他们没有看到放弃也是一种新的希望，自然这些人也就无法理解"失之东隅，收之桑榆"阐述的真谛了。

放弃，已经渐渐演变成了一门艺术，是每个人的必修课。

敢于放弃，才会有信念去选择。放弃是一种智慧，是一种生活觉悟。古人说过："明者远见于未萌，智者避危于无形。"

有所放弃才能有所追求，放弃一些负担，拼搏的路上才有更多的体力追逐。在你放弃的时候，机会已经给你开了另一扇窗。

班彪是东汉时期著名的史学家和文学家，他生有两子一女，大儿子班固从小文才横溢，撰写过有名的《汉书》，小女儿班昭也是历史上赫赫有名的才女。二儿子班超就生长在这样的文学世家，这似乎已经注定了他和哥哥妹妹一样，走上文学这条路。

哥哥去世以后，班昭继承了班固未完成的事业，继续撰写《汉书》。但是班超却对文学提不起兴趣，他从小就很羡慕历史上的那些英雄人物，听着他们骁勇善战的故事内心十分向往，希望自己能成为一个建功立业的人，而不是每天抄抄写写的。

眼前的生活令他度日如年，感到非常枯燥乏味。

后来，班超参军攻打匈奴，在军中当了一个小官，这是他踏上军旅的第一步。初到军营，班超便如鱼得水地显示出自己出众的军事才能。他初次率兵攻打敌军，就斩俘很多敌人。

此后班超凭借自己过人的胆识和出色的谋略，成为历史上名声显赫的军事家和外交家。

我们为生活打拼，要顾及很多，也要放弃很多，这看似矛盾的事情，其实仔细琢磨，确实如此。

我们没有那么多的精力面面俱到，所以我们只能在沿途拾起一些再丢下一些，这样我们肩上的行囊才能放得下，也背负得了。

通向终点的路不止一条，我们可以不断尝试探索，这一条不通还有下一条，只要坚持。

蜡烛燃烧了自己才能带来光明，想过安宁的生活就要放弃城市的繁华。放弃并不意味着失去，它只是以另一种方式在给你补偿，就像歌德说的："生命的全部奥秘就在于为了生存而放弃生存。"

## 3. 从未得到何来失去

常言道：胜不骄，败不馁。没有人是永远的常胜将军，当然也就没有人会是永远的失败者。

一次成功不是永久的胜利,有的人成功一次后就开始自以为是,对待成功的态度也十分盲目,往后也只看到自己的长处,看不到短处,心里将自己的能力夸大了很多倍。要知道,生活总是有太多不同的挑战,能攻克这一关,未必就能攻克下一关。

古人说"相生相克",其实也是这个道理。

人生也是如此,当你春风得意时,千万不要沾沾自喜,世上没有绝对的事情,一时的成功不能代表日后事事都能如意。人生的路还很长,如果沉迷于这一次的成功,那么你很快就会被打败。

南北朝有一个叫江淹的人,从小擅长诗词,年纪轻轻就天赋过人,成为当地鼎鼎有名的小文学家了。他写的诗词和文章别人看后都赞不绝口,于是他的父亲常带着他四处炫耀,夸赞儿子的才能是多么过人。江淹也觉得自己生来就天赋异禀,便不再勤学苦练了。

随着年龄逐渐地增长,他写文章的水平非但没有进步,反而倒退了不少。偶尔灵感乍现,写出来的东西也是粗俗不堪。从此以后江淹一蹶不振,直到后来文思枯竭,连一个字也写不出来了。

我们总能在某些方面做出一些成绩,得到他人的赞美,但切记不能一听到赞美之词就忘乎所以。

因为成绩只能肯定你,而不能放大你。一次成功后,马上要为迎接下一个挑战做准备,才不至于大起大落。

如果因为一点点成绩就放大了自己,那么所看到的自己将不再真实。你看不到,今后的路上还存在着各种困难,只因这一刻成功的虚荣使你无限膨胀。我们无法承诺往后的成功可以变得唾手可得,也不能将一次成功当成永恒。

心里藏着太多成功的浮华,就不能为未来做好十足的准备。

骄傲带给我们最大的坏处，就是让我们变得无知和盲目，任由这两者无限生长，我们将渐渐看不清远方的路，失去自己的方向。

时刻记着，骄傲是阻止我们前进的劲敌。

成功只是一时的飞越，是对你过去努力的肯定，如果一时的成功让你觉得以后也都将一帆风顺那就错了，成功只眷顾那些时刻准备着的人。

## 4.未来的你，总有一天会感谢那个失败过的自己

面对失败，谁都免不了伤心。

只是有些人已经做好了失败的打算，因为胜败乃兵家常事。在不断尝试成功的路上，跌倒在所难免。乐观面对失败，表示了他们对失败已经有了一定的承受能力。毕竟，失败并不是一件令人开心的事情，但对一件事情期望得过高，失败的打击将格外沉重。

失败之后，要找出失败的原因，引以为戒，整理好失落的心情，克服低落的情绪，积极投入下一个新的旅程。

失败常给我们带来一种错觉，好像这次的失败就注定了以后也不会成功。一个人若心里认定了自己是个失败者，那么他成功的机会就变得十分渺茫。

失败之后是一种经验，一种学习，失败的重大意义远远胜过成功。失败只能说明你走了弯路，它提醒你如果想要成功就要改正。

美国前总统林肯在成功的光鲜外表下也有一颗饱受磨难的心。他的的确确是一个真正从苦难中坚强走出来的人。

7岁的时候，林肯和他的家人被赶出了家门，为了维持家计，他外出打工。此后两年的时间里，他的母亲离世，工作也一度不如意，生活十分困苦。

1832年，他参选州议员落选，还丢了自己赖以生存的工作。他不得不向朋友借钱，希望通过经商来改变现在的窘状，结果不到一年，他又赔得身无分文，还欠下了很多债务。

之后他再次参选州议员，这次终于得到了命运垂青，他成功了。这对于林肯来说无疑是一个极大的鼓舞。

在1860年，他终于迎来了事业的巅峰，他当选为美国总统。

他的人生失败了35次，其中只成功了3次。他说："此路艰辛而泥泞，我一只脚滑了一下，另一只脚因此站不稳。但我缓口气，告诉自己，这不过是滑了一跤，并不是死去而爬不起来。"

正是因为有这样的胸怀，才使他在失败无数次之后仍记得鼓励自己站起来，勇敢地向前看。

一次又一次地失败，会大大挫败我们的信心和勇气，而林肯失败了35次之多，可想而知是多大的毅力，才让他自己一直坚持到最后，甚至还越挫越勇。面对失败，我们需要不断给自己鼓励，正视失败，从惨痛的经历中从容地挑出失败原因进行更正。

我们不可能没有失败，但是我们却可以尽量避免失败。

谁都喜欢成功带来的喜悦和财富，但我们的梦想和现实间总是横隔着一道道荆棘，只有忍着痛踏过去才有可能到达。那些越挫越勇的人，总是在失败之后总结自己的过失，进而找到突破阻碍的方法。

没有谁能承诺说付出就会有丰硕的果实，我们能笑着迎接成功，也要学会淡看失败。

## 5. 无论你是否愿意，该来的总是会来

人生如梦，但梦里梦外，却都是真实的自己。

每当看到夕阳西下，友人送别，草木更替凋零，就感觉这是一场戏的落幕，是一个新故事的开始。既然这一场戏后还有一场，那么又何必在乎戏里的输赢，梦里的胜负呢？

"不论拂逆几何，我心仍旧从容"是一种难得的境界。

但达到这种境界并非奢望，若始终保有随遇而安的生活态度，从容之境又怎是难事？对于生活中的拂逆之事，我们无法左右，但是可以选择如何面对。愿不愿意，该来的总是会来，我们能做到的，就是不被生活中的挫折打倒。

人不能左右际遇，不如意事十之八九，这是人生的真实写照。在这种环境中，最好的方法就是让自己"随遇而安"。不管陷入何种境地，都保持豁达的心态，那真是比坐拥万贯家财更有福气。

盐是咸的，糖是甜的。想要甜食，加点糖就可以了。

然而若在糖里掺入一些盐，反而能使砂糖的甜度和味道发挥得更加极致，这便是造物主奇妙安排之所在了。

事物都有对立面。因为与事物对立，我们才真实地感受到自己的存在。因此，为难过而烦恼，不如想想如何去接纳、调和它们。如此或许能产生新的美味，而康庄大道也就在不远处等着我们了。

一次和朋友租车在海南旅行，但中途车子却不知是何缘故抛锚了，5月份的海南是炎热难耐的。我们打电话给租车公司，他们派

人查看车子后,告诉我们修好车子要四个多小时。

旅游遇到这样的事,再加上天气酷热,这令我们烦躁不已。于是,我提议大家先去游个泳,回来后差不多车子也修好了。我们游得相当畅快,还偶然找到了一个地道的海鲜摊位,好吃不贵。

饱餐一顿后,车子也修好了。我们驾驶着修好的汽车,在黄昏的晚风里开往了下一个城市,道路两旁美丽的椰林作伴,心情格外舒畅。回来后,我们逢人便说:"真是一次愉快的旅行!"

随遇而安的心境可以让一切转而变得美好。抱怨和焦急不会改变汽车故障的事实,消极地对待只能度过一次糟糕的旅行。

不开心时,把生活看成是一部短片或者小说,而你不过只是个临时角色。这样你就能自在从容地生活在其中,并为许多意外的收获而感到欣慰了。

玫瑰娇美,尚且多刺,何况人生呢?

管理好自己的情绪,有时你可以停下来想想,前进的方向是否正确;你也可以停下来听听别人的建议。了解客观事实,接受现实,这都是帮你做到随遇而安的先决条件,是你从容自在地生活的前提。

别幻想一切尽在掌握中,事事岂能尽如人意。唯一能使我们过得舒适的方法,就是让自己"随遇而安"。


## 6. 有些路你非走不可,但不是弯路

你以好的眼光看待世界,世界就是好的。反之,用坏的眼光去看待,世界就是坏的。

人生中无论顺利与否，都要从容面对；面对得失，定要保持乐观的心态。

路在脚下，事在人为。

一位美国青年，大学毕业后，将要到海军陆战队去服兵役。他感到前途无望，好像末日降临一样。

祖父见他忧心忡忡，就开导他说："没什么好怕的，孩子。去了那里，你会有两个机会，分配到内勤部门或是外勤部门。如果你被派到了内勤部，就更没必要害怕了。"

"如果我被派到外勤部呢？"年轻人这样问道。

"你还是会有两个选择，一是被派往外国的驻军基地，二是留在美国。如果留在了本土，你还有什么好担心的？"

"那万一我被派往国外呢？"

"你还是有两个机会，一是去维和地区，二是去和平地区，被派到非维和区也是件好事啊！"

"要是我真的被派到维和地区，怎么办？"

"那还是有两种可能，安全归来或是不幸负伤。你要是安全归来的话，还担心什么啊！"

"万一我不幸负伤了呢？"

"能保全性命就是很幸运的事情了，总比医治无效好吧。"

"那真要是碰到医治无效的情况呢？"

"这样死，是为了国家荣誉而战死，那你就是英雄啊！你当然会选择去战死。人早晚会死，能死得轰轰烈烈，这样人生也没有什么遗憾可言了！"

看，人生永远都有两个机会。

有崎岖不平的路，也自然就有坦途大道；有鲜花丛生，也就会有荆棘密布。无论什么事情都会有两种可能，自然也就会出现两种结果，即便是再差的结果，其中也蕴含着希望。

祸福相倚，用中国古老的哲学来解释，就是世事无常。

"生活本来就是不公平的，不管你的境遇如何，你所能做的，只有全力以赴。"这是霍金说过的一句话。

"不管风吹浪打，胜似闲庭信步。"生活让你哭泣，你就要拿出勇气去直面生活，决不认输，并且勇往直前。

所谓绝境，在很多情况下，并不是生存的绝境，而是精神上的绝境。因而只要精神不死，一切都不能将你击垮。

美国第28任总统威尔逊说："我们因有梦想而伟大，所有的伟人都是梦想家。有些人让自己的伟大梦想枯萎凋谢，但也有人灌溉梦想，在颠沛困顿的日子里细心培育它，直到有一天得见天日。"

意志坚强的人，总是能够顽强地守住自己的梦想，用希望点燃潜能，在绝境中创造奇迹。

一次事故中，曾是海军陆战队队员的米歇尔身上65%以上的皮肤都被烧坏了，为此他动了16次手术。

手术后，他无法像正常人一样拿叉子、上厕所。米歇尔并不认为自己的人生已经完蛋了，他说："我完全可以掌握我的人生之船，我可以把目前的状况看成是一个起点。"

让人意想不到的是，六个月之后，曾经丧失生活自理能力的米歇尔竟然又能重新操作飞机了。

他买了一架飞机和一家酒吧，购置了房产，后来还和两个朋友合伙开起了公司，这家公司后来成为佛蒙特州第二大私人公司。

几年后，就在米歇尔正意气风发的时候，又一次意外发生了。他驾驶的飞机因故障摔落在跑道上，他的十二节椎骨也被压得粉碎，下半身永远瘫痪了。

米歇尔也抱怨过："为什么这样倒霉的事情总是发生在我身上，究竟我做错了什么，竟然遭受如此的对待？"但很快，他仍旧选择了不放弃，不抛弃，尽力让自己独立。

后来他被选为科罗拉多州孤峰镇镇长，在竞选国会议员时，他甚至将自己丑陋的脸成功地转化成一项有利的竞选代言。

尽管不幸让米歇尔备受煎熬，但他还是像正常人一样结婚生子，还顺利完成了硕士学业，并一直坚持着他热爱的飞行事业和公共演说。

米歇尔这样说过："遭遇不幸后的我只能做 9000 件事，但是我集中精力把这 9000 件事情做好就足够了。虽然我人生中遭遇了两次重大的挫折，但是我并不选择放弃，因为放弃了便更加毫无机会了。挫折不是放弃努力的借口，你们可以通过另一个角度来看你们停滞不前的经历。你可以选择像我一样，想开一点，然后给自己一个机会说：'或许这没什么大不了。'"

真正的强者，就是类似于米歇尔这样昂首迎接生活挑战的人。

每个人都具备成功的条件，哪怕你存在缺陷。悲观者过早放弃了希望，才使得生命沾满颓废的尘埃。只要不灰心，不放弃，没有任何难事能够击倒我们。

所以，不管你失去了什么，请把希望牢牢抓住。

别人比我们拥有得再多，也不能阻碍我们自身的生长，只要希望在，我们总能做得精彩出色。